(场景)

上　部

第一幕

新英格兰一个小的大学城，利兹教授家的书房 —— 夏末的一个下午。

第二幕

地点同上 —— 翌年秋天，一个夜晚。

第三幕

纽约州北部埃文斯家农庄的餐厅 —— 翌年暮春，一天上午。

第四幕

地点同第一幕和第二幕 —— 同年秋天，一天晚上。

第五幕

埃文斯在纽约郊区海滨租住的一幢小房子的起居室——翌年春天,一天上午。

下 部

第六幕

地点同上——一年稍多一点之后,一天晚上。

第七幕

位于公园大道上的埃文斯家公寓的起居室,近十一年之后,一天下午较早的时候。

第八幕

停泊在波基普西终点线附近的埃文斯家游艇的后甲板,十年之后,一天下午。

第九幕

埃文斯家长岛庄园的露台,几个月之后,一天下午较晚的时候。

上部

第 一 幕

景：新英格兰一个小的大学城，利兹教授家的书房。这间书房位于他家房子的前部，打开着的窗户面向房子与寂静的住宅区街道之间的狭长草坪。房间不大，天花板很低，精心挑选的家具体现着对新英格兰古董的偏爱，四壁靠墙摆放着几乎高达天花板的玻璃门书橱，里面摆满了书，主要是文集，其中许多是年代久远的珍本，希腊文和拉丁文的古代经典，稍后一些的法文、德文和意大利文经典，以及那些在"s"看上去像"f"的年代从事创作的英国作家的作品，也有更后来的几位，最现代的很可能是萨克雷①。书房具有静修所那种舒适、雅致的氛围，宛若一间精心营造的圣殿，在这儿，一个逃避现实的人可以安稳地背倚着往昔的文化，怀着屈尊俯就的蔑视、怜悯，甚至乐趣，高高在上地、远远地、安全地观察现实。

---

① 萨克雷（1811—1863），英国著名小说家，代表作为《名利场》。

〔这里有一张大小适中的桌子，一把笨重的安乐椅，一把摇椅和一条铺着柔软坐垫的长凳。桌子安放在书房的左侧，教授的安乐椅摆在桌子左边，摇椅在中间，长凳在右侧。

〔书房的入口是后面右墙上的一扇门。

〔这是八月里一天下午较晚的时候，透过树荫照进来的阳光清凉而朦胧，书房笼罩在温馨的柔光之中。

〔舞台右侧传来一个女仆——中年女性——的声音，亲热而又恭敬地解释着什么。马斯登走了进来。他三十五岁，身材颀长，身着显然出自英国裁缝之手、做工精致的花呢服装，俨然一位英国化的新英格兰绅士。他的脸太长，与其宽度不成比例，鼻子又高又窄，前额宽大，柔和的蓝眼睛使他活像一个神思恍惚的自我分析者，薄薄的嘴唇透着讽刺和一丝忧郁。他具有一种飘忽不定的女性气质，但这无论从外表还是从行为上都一点也看不出来。他举止冷静沉着，讲起话来带着一种做作的安适，像是在倾听自己的谈话。他的双手细长无力，双肩微弓，瘦骨嶙峋，是个从不喜欢体育运动、一向被认为体质虚弱的人。他个性的主要特点在于一种沉稳的魅力，一种富于吸引力与好奇心的亲善，他总是愿意倾听，热切地表示同情与喜爱，也渴望被人喜爱。

马斯登　（站在门里边，微弓的颀长身材朝后倚在书橱上——向后面的女仆点着头，和蔼地微笑着）我在这儿等，玛丽。（他目送她片刻，随后转而慢慢环视书房，赞赏地品味着自己所熟知的这些书的重要意义。他深情地微笑着，欢娱地、抑扬顿挫地吟咏道）至圣之地！（他

的声音带着一种单调的沉思意味,他的眼睛凝注于自己飘浮的思绪)
教授独特的避风港是多么至善至美啊!

(他笑了笑)

不折不扣的经典……当新英格兰人遇上希腊人的时候!

(此刻打量着那些书)

几年来他没增加一本书 —— 我第一次来这儿时多大呀? —— 六岁 —— 和我的父亲 —— 父亲 —— 他的面孔已经变得多么模糊不清了!就在他临终时,他要对我说什么 —— 在医院 —— 阴冷的走廊里飘散着三碘甲烷 —— 炎热的夏天 —— 我弯下腰 —— 他的声音已经退得那么远 —— 我不能理解他 —— 什么样的儿子能够理解?总是太近了,太快了,太远了,或者说,太晚了!……

(他回忆起父亲去世时令自己这个十来岁的少年惶惑不安的那种痛苦,表情变得很悲哀。随后,他摇了摇头,摆脱自己的思绪,让自己在书房内踱来踱去)

在这样一个明媚的下午竟会回忆起这些! —— 三个月之后回到这宜人的古城 —— 我再也不去欧洲了 —— 再也不在那儿写一行字了 —— 怎样回答所有那些逝去的和残废的人提出的尖锐问题?……我承担不起的重负!……

(他叹了口气,随后自我嘲弄地)

但是回到这儿 —— 是这个插曲在轻声发问 —— 在这个昏昏欲睡的小城里,拘谨的躯体小心翼翼地度过一个个下午……他们的习惯被人满怀深情地记载下来,编织诙谐词句的一个借口。我的小说……并不具备无限的重要性,几乎不……

(随后自我鼓励地)

但显然公众是欣赏我的小说的 —— 而我能够写！比任何谈起这些现代的性耶胡①们的人都强得多！我明天必须开始工作。我很想在某个时候把教授写进我的一部小说里，还有他的妻子 —— 她已经去世六年了，这似乎不可想象 —— 他的妻子是那样地颐指气使！……可怜的教授！现在是尼娜在支使他了！但那有所不同。自她还是个小娃娃起，她就一直支使我。现在她是个成年女性了，懂得爱与死 —— 戈登在烈焰中坠落了 —— 停战的前两天 —— 多么残忍的讽刺！他那令人赞叹的运动员躯体 —— 她的爱人 —— 扭曲的钢丝笼中装着他烧焦的遗骨 —— 母亲说近来她变得古怪 —— 母亲似乎嫉妒我对她的关心。为什么我从未爱上尼娜？我能爱上吗？那样的话，我曾让她在我膝上跳舞，让她坐在我腿上，即使现在，她也从不愿往那上面想，但有时她头发和皮肤的香味，就像梦幻的迷药 —— 梦幻的！难就难在这里！……我所有的梦！我幻影世界中的性爱生活！……

（他苦恼地咧嘴笑笑）

为什么？唉，这种刨根问底是没有结果的 —— 让性爱见鬼去吧！我们今天装出性无能的样子不过是要猛击私通的大鼓！吹牛大王 —— 阉人袒露着阴茎招摇过市，出卖了他们自己 —— 他们愚弄了谁？甚至不是他们自己。

（他的面庞突然充满强烈的痛苦与厌恶）

呸！……总是那种回忆！……为什么我就不能忘记呢？……清晰得令人恶心，仿佛是在昨天 —— 预科学校 —— 感恩节

---

① 耶胡，英国作家斯威夫特的小说《格列佛游记》中的人形兽。

假期——法蒂·博格斯和杰克·弗雷泽——那个粗鄙的罪恶之家……仅仅一美元!为什么我要去?那个死去的杰克,胆大妄为的花花公子——我多么佩服他呀!害怕他的奚落——他指指那个意大利小妞,"干她!"——挑唆我——我走上前,吓得战战兢兢——她是只什么样的鸡呀!粉饼和胭脂遮盖下的俊俏而邪恶的面孔,乖戾而倨傲,笨重的躯体、短腿,粗粗的脚腕,那不勒斯的贫民窟——"你发什么呆?快来吧,孩子。"——孩子!我只是个孩子!十六岁——尝了尝成年人的滋味——不好意思再见杰克,除非——傻瓜!我原本可以对他说谎的!但我傻乎乎地以为那个女人会感到丢脸的,假如我——哎,傻孩子!——回到旅馆后,我一直等到他们睡着才开始抽泣——想起母亲,感到我玷污了她——和我自己——永远地!……

(辛辣地嘲讽)

"生活中没有什么能抵上爱的年轻梦想一半的甜美。"什么?

(他烦躁地站起来)

为什么我总去想那件事?太愚蠢了——真的无关紧要——任何一个我那个年龄的男孩都会经历这种事……

(他听到有人从右侧快步走进来,期待地转过身去。利兹教授走了进来,快活、宽慰的表情正驱赶着他脸上的慌乱与焦虑。他五十五岁,又瘦又小,头发灰白,秃脑门。尽管他的五官过于小巧精致,他的脸庞依然很有风采,属于那种谦让、勤勉的类型。他的目光睿智,笑容中蕴含着讽刺。他天性羞怯,在教室中以那种高傲、得意的自负举止作为面对整个世界时的自我保护,而这种自我保护又为一种虑及现实的天生的古板乡土气而加强,尽管他是个极端自由主义者——甚至是激进派——在他对希腊和罗马帝国的风俗与道德的宽容理解之中，然而，他无法把那种教室里的姿态用于教室之外，因为这其中有种令人起疑的特性，使得更广泛的听众——特别是教授自己——感到难以言状的窘迫。由于马斯登是他多年的学生，教授又从小就认识他，和他在一起时教授绝对地舒畅自在。）

马斯登　　（伸出手——毫无疑问出于热爱）我又来了，教授！

利兹教授　　（握着他的手，拍拍他的肩，感情真挚地）见到你真高兴，查理！也是一个惊喜！我们没想到你会回来得这么快！（他坐到桌子左边他的安乐椅上，马斯登则坐到摇椅上。有那么片刻他把目光从马斯登身上移开，在他思考问题时脸上充满了自私的宽慰）真幸运，他回来了，他的影响一向能使尼娜镇静下来……

马斯登　　我也从没想到能回来得这么快，但是，教授，欧洲的伤亡人数那么大，他们都不敢列出名单来。

利兹教授　　（面色阴沉）是的，我想，你发现所有的一切都和战前不一样了。（他怨恨地思索着）

这场战争——戈登！——

马斯登　　欧洲已经"西去了"——（他古怪地笑了笑）去美国，希望如此！（随后愠怒地）我受不了了。已经有几百万人和尸首坐到了一起，他们作为家人有权利待在那儿——（随后语气平淡地）我也在浪费我的时间。我一行也写不出来。（随后快活地）可尼娜在哪儿？我必须见见尼娜！

利兹教授　　她马上就进来。她说她要把某件事情想清楚——你会发现尼娜变了，查理，大大地改变了！（他叹了口气——怀着一丝内疚与惊慌——思索着）

早饭时她说的第一句话是——"我梦见了戈登"——仿佛想

要嘲弄我！多么荒唐——她的眼睛炯炯发光！……

（突然怨恨地脱口而出）她常常梦见戈登。

马斯登 （饶有兴致地、惊奇地看着他）那么，很难把这称为一种变化，你认为呢？

利兹教授 （思索着，没有听见这句话）

但我必须时刻记在心里，她不正常——她是个生病的女孩——

马斯登 （思索着）

那个早晨戈登的死讯传来时——她的脸色犹如烟灰——美丽消逝了——没有哪张脸庞承受得住极度的悲伤——只是到后来当悲伤……

（关切地）你说她改变了到底是什么意思，教授？我离开之前她似乎正在走出那种可怕的麻木冷漠。

利兹教授 （缓慢而谨慎地）是的，这个夏天她常去打高尔夫和网球，和朋友开车兜风，甚至经常跳舞。而且，她吃饭狼吞虎咽，胃口好极了。（惊恐地思索着）

早饭——"梦见了戈登"——她眼中射出的是怎样一种仇视我的目光啊！……

马斯登 但这听起来很好嘛！我离开时她不愿意见任何人，也不愿意去任何地方。（怜悯地思索着）

不停地从一间屋走到另一间屋——她那瘦削的躯体和迷惘的苍白面庞——被爱情所抛弃的无神的眼睛！……

利兹教授 唉，现在她走向了另一个极端！谁都见——包括讨厌鬼、傻瓜——仿佛她已经摆脱了所有的偏见，或者再也不愿怀有偏见。而且，她喋喋不休地唠叨，查理，我敢说，存心胡说八道！没有一点正经话！拿什么都开玩笑！

马斯登 （安慰地）哦，毫无疑问，她那是在努力忘却往事。

利兹教授 （心不在焉地）是的。（与自己争辩着）

我要告诉他吗？不。也许听起来很愚蠢，但独自一人置身其中也太可怕了。假如尼娜的母亲还活着——我的妻子——死了——有一段时间我实际上感到解脱！——妻子！帮手！——现在我就需要帮助！没有用！她已经去了！……

马斯登 （观察着他——怀着屈尊俯就的情感思索着）

好个小老头——他显得很着急——总是大惊小怪——他肯定会使尼娜紧张不安的……

（安慰地）没有哪个姑娘会很快忘掉戈登的，特别是在为他的惨死而震惊之后。

利兹教授 （恼火地）这我知道。（怨恨地思索着）

戈登，对每一个人都提起戈登！

马斯登 顺便说一句，我在色当附近找到了戈登飞机坠落的地点。是尼娜让我找的，这你知道。

利兹教授 （被惹恼——告诫地）看在上天分上，别再去提醒她！如果你希望看到她好转，给她一个忘却的机会吧。说到底，查理，这日子必须过下去，尼娜不能永远和一具尸首生活在一起！（努力压抑自己的恼怒，用一种客观的语调讲话）你瞧，我在试图清醒地、冷静地把事情全看透。如果你还记得，戈登的死使我和其他人一样伤心欲绝。我认可了尼娜对他的爱——尽管，你知道，我起初是反对的，我想，我是有正当理由的，那个小伙子虽然相貌英俊，学习和运动成绩都很出色，可其实出身于平常人家，自己又没有钱，除非他本人干出一番事业来。

马斯登 （有几分辩护地）我敢肯定，他本来能够干出一番辉煌事业来的。

利兹教授 （不耐烦地）那当然喽，不过，查理，你必须承认，那些校园英雄在日后的生活中没有几个出类拔萃的。不幸的是，大学那种拙劣的培养方式往往会把他们惯坏——

马斯登 但我要说，戈登绝对没有被惯坏。

利兹教授 （激动地）别误解我，查理！我是第一个承认——（有几分感伤地）查理，可以这么说，让尼娜难以忘怀的不是戈登，而是对他的回忆，是他的亡灵，由于尼娜对我的态度出现了可怕的变化，我开始担心戈登的影响力。（他的面孔抽搐着，仿佛泪水马上夺眶而出——他绝望地思索着）

我得告诉他——他会看出我那么做是出于好意——我有正当理由——

（他犹豫了一下——随后脱口而出）这听起来可能难以置信，可尼娜现在变得一举一动都好像对我充满仇恨！

马斯登 （吃了一惊）天哪，别这么说！

利兹教授 （固执地）绝对是这样！我一直不想承认，一直不愿相信，直到那种仇恨在她对我的整个态度中明显得令人震惊！（他的嗓音颤抖着。）

马斯登 （受到震动——告诫地）天哪，你变得神经过敏了！唔，尼娜一向把你当作偶像的呀！什么理由可能——？

利兹教授 （急躁地）我想我能回答这个问题。她有个理由，可她明明知道我那么做是出于好意，为什么还要责怪我呢——你很可能不知道，就在戈登远航去前线之前，他想要举行他们的婚礼，尼娜同意了。事实上，从她的种种暗示看，她肯定一直是最急切的，但在那个时候——我可不认为那是个好主意，我把戈登拉到一旁，向他指出，这样一个仓促的婚礼对尼娜是不公平的，而且，在他那一方面，也很难算得上高尚。

马斯登　　（惊诧地盯着他）你是这样对戈登说的？（愤愤不平地思索着）

多么精明的一招！戈登的骄傲之处，公平和人格！但你这样做高尚吗？

利兹教授　　（带着一丝刻薄）是的，我是这样说的，我对他摆出了我的理由。他阵亡的可能性是存在的，而在空军服役就不仅是可能性了。这没有必要说，我没有指出来，但毫无疑问，戈登意识到了这一点。可怜的孩子！如果他阵亡，就会撇下尼娜做寡妇，也许还带着个婴儿，除了可能从政府那儿领到点抚恤金，她没有任何财产，因为他身无分文；而发生这一切时她依然是个妙龄少女，特别是尼娜这样一个美丽迷人的少女，应当享受全部的人生。我果断地告诉他，为了对尼娜公平，他们必须等到他回来，等到他在这个世界上站稳脚跟。这才是公平公正的。戈登很快就同意了我的意见！

马斯登　　（思索着）

公平公正的！——可只要涉及幸福，我们肯定都是骗子！或者偷或者挨饿！

（随后有几分讥讽地）那么戈登告诉尼娜，他突然意识到结婚对她不公平，不过我想他没有告诉她这最初是你的顾虑吧？

利兹教授　　没有，我要求他对我的话绝对保密。

马斯登　　（讥讽地思索着）

又一次寄希望于他的人格!——老狐狸!——可怜的戈登!……

但现在尼娜怀疑是你——?

利兹教授 (吃了一惊)是的,正是这样。她不知怎么知道了,于是,她对待我的态度就好像她认为我故意毁掉了她的幸福,好像我希望戈登死掉,好像我听到他的死讯暗地里欣喜若狂似的!(他的声音激动得发颤)现在你知道了,查理,这整个荒唐的糟糕局面!(思索着,吐出刺耳的谴责)

这是真的,你这个傲慢的……!

(随后痛苦地为自己辩解)

不!我这么做并不是为自己——是为了她的缘故!……

马斯登 (惊诧地)你的意思不是对我说,她把所有这一切归罪于你吧?

利兹教授 哦,不,查理!只是通过暗示——目光——旁敲侧击。她知道她没有真实的依据,但在她目前的头脑中,真实和不真实混淆在一起——

马斯登 (挖苦地思索着)

和在所有人的头脑中一样——要不然人怎么能够生存?

(劝慰地)这正是你应当记在心里的——她的心态——而不要为那些伤心劳神,要让我说,那些不过是你们双方共同想象出来的。(他听到从右侧传来了声音,站了起来)振作起来!这肯定是尼娜来了。(教授站了起来,急忙让自己的面容平静下来,回复到温和、文雅的表情。)

马斯登 (自我嘲弄地思索着,但又有一点为自己焦虑)

我的心在猛烈跳动!又要见到尼娜了!多么地感伤——要

是她知道了,她会怎么笑话我啊!而且笑得对——我这种反应太荒唐了,就好像我爱过——凭那种方式——她亲爱的老查理,哈!……

(他怀着强烈的自我嘲弄笑了笑。)

利兹教授 (担忧地思索着)

我希望她不要大吵大闹。一整天她都好像马上要发作。感谢上帝,查理就好像是我们家的人。但我这是一种什么生活啊!新学期还有几个星期就开始了!我不能做——我得请一个精神病专家——但前面那一个对她毫无益处。他那高得吓人的费用。他可以为此上法庭。我一口拒绝了——但如果他起诉呢?——什么样的丑闻啊——不,我得付钱,想个办法——借——他逼得我走投无路了,这个强盗!……

尼娜 (走进来,站在门里边,用挑衅的目光直直地盯住自己的父亲,脸上的表情固执而决断。她二十岁,高高的个头,宽厚的肩膀,结实的窄臀和线条优美的长腿——出色的运动型女孩,游泳健将、网球手、高尔夫球手。她那金红色的短发裹着晒成古铜色的脸蛋,那张脸与其说俊俏,还不如说端庄,十分引人注目,前额高高的,嘴巴相当大,坚实的下巴之上嘴唇线条分明。她的眼睛是深邃的蓝绿色,大得出奇,美丽而迷人。自戈登死后,这双眼睛一直流露出对某种可怕神秘物的恐惧,它们被伤得很深,并且由于这种伤痛而变得无礼、怨恨重重。她的全部举止,她带来的那种一触即发的气氛,与她经常从事户外活动的健康体形一点也不相称。这是一种折磨人精神的、狂热的、可怕的紧张气氛,只有她的意志保持着镇定。她一门心思考虑着自己的决定,没有想到更没有看见马斯登,而是用一种紧绷着的、冰冷而镇定的声音径直对着自己的父亲说话)我已经拿定主意了,父亲。

利兹教授 (心烦意乱地思索着)

她这是什么意思?噢,上帝呀,帮帮我吧!

(惊惶失措——慌张地)你没看见查理吗,尼娜?

马斯登 (不安地——思索着)

她是改变了——出了什么事?……

(他朝她走过去——有点窘迫地、但却是满怀深情地用昵称叫着她)你好,尼娜·卡拉·尼娜!你不打算理我了吗,年轻的女士?

尼娜 (把目光转向马斯登,伸出手让他握,用自己那种心事重重的冷漠嗓音)你好,查理。(她的目光马上又转回到父亲身上)听着,父亲!

马斯登 (站在她附近,掩盖着自己的委屈)

这真让人伤心!我无足轻重!……但她是个有病的姑娘,我必须体谅。……

利兹教授 (心烦意乱地思索着)

她眼里的那种表情!……那种仇恨!……

(咯咯傻笑一声)真的,尼娜,你太没礼貌了!查理做什么了?

尼娜 (用她那种冷漠的口气)哦,没什么,什么都没做。(她朝马斯登走去,态度冷漠但却友好)我没礼貌吗,查理?我不是有意的。(她吻了吻他,冷漠友好地笑了笑)欢迎回家。(疲倦地思索着)查理做了什么?……没什么——而且永远也不会做什么——查理穿着衣服坐在波涛汹涌的河边,纯洁、羞怯、冷静,望着那些焦灼万分的、冻僵的裸体泳者最后被淹死……

马斯登 (苦恼地思索着)

冷酷的嘴唇——轻蔑的一吻！这样对待亲爱的老查理！……（强迫自己宽容地哈哈一笑）没礼貌？一点也不！（取笑地）正像我经常提醒你的，你在这个世界上说出的第一个字眼就是对我的侮辱，我还能指望什么呢。你直直地指着我说，"狗"——那时你才一岁！（他大笑起来。教授神经质地笑笑，尼娜应付地笑笑。）

尼娜 （疲倦地思索着）

父亲们笑话他们的小女儿尼娜——我必须离开！好查理狗——忠实——拿来、运走——深更半夜在书本堆中轻轻叫着——

利兹教授 （思索着）

她在想什么？这样的日子我再也过不下去了！

（笑得面部痉挛起来）你真是个冷漠的孩子，尼娜！你也许以为昨天才见过查理吧！

尼娜 （慢慢地——冷漠地、反省地）好吧，战争结束了。安全地从欧洲返回难道不是一件不比寻常的壮举吗？

马斯登 （愤愤地思索着）

这是嘲弄——我没有参战——身体不合格——不像戈登——戈登在烈焰中——我活着，她肯定感到愤愤不平！想到我在出版局里胡写乱画——越来越喧闹的谎言——淹没了枪炮声和尖叫声——用谎言震聋了整个世界——雇用骗子的唱诗班！

（强作开玩笑的口气）你哪儿知道我冒的生命危险，尼娜！要是你尝过在我遣返过程中他们给我吃的那些东西，那你就会让我淹没在祝贺声中的！（利兹教授挤出一声窃笑。）

尼娜 （冷漠地）好吧，你在这儿了，这就行了。（随后突然堆起真挚而甜蜜的笑容）我很高兴，查理，你在这儿我总是很高兴！这你是知道的。

马斯登 （开心而窘迫地）我希望如此，尼娜！

尼娜 （转向她的父亲——坚决地）父亲，我必须说完我刚才说的话。我已经完全想好了，我决定马上从这儿搬出去——否则我要发疯的！我乘今晚九点四十的车走。（她转向马斯登，粲然一笑）你得帮我收拾行李，查理！（疲倦而宽慰地思索着）现在已经说出口了——我要走了——再也不回来了——噢——我多么厌恶这间房子呀！

马斯登 （惊慌地思索着）

这是怎么回事？走？去谁那儿？

利兹教授 （思索着——惊骇）

走？……再也不回我这儿来了？……不！……

（绝望地摆出古板严厉的态度，像是对待一个不服管束的小学生）这是一个相当突然的决定，不是吗？以前你并没有提到你在考虑这么做——事实上，你一直让我相信你对这儿很满意——那就是，当然了，我的意思是说，眼下，我真的认为——

马斯登 （看着尼娜——惊慌地思索着）

去谁那儿？

（随后看着教授，怜悯地耸耸肩）

他的举止有失教授的风度——她的目光彻底看透了他——多么可怕的领悟！上帝呀，永远不要让我有孩子！

尼娜 （疲倦而轻蔑地思索着）

死亡语言的教授又在讲话了——一个死去的人在讲授活着的过去——自从我出生，我就在他的班上，钟情而专注的学生

兼女儿尼娜 —— 听那些来自死人的死的信息，我的耳朵已经听得麻木了 —— 哼哼着死亡的词语 —— 我听着，因为他是我学问高深的父亲 —— 比别人更加充耳不闻（就让我这样吧），因为他是我的父亲……父亲？……什么是父亲？

利兹教授　（思索着 —— 惊骇地）

我必须说服她放弃！……找到合适的词语！……哦，我知道她不会听我的！……哦，太太，你为什么死了呢，你可以和她谈，她会听你的！……

（继续以教授居高临下的姿态）—— 我真的认为，首先，为了对你公平，在你把这一具体步骤付诸实施之前，你应当多加思虑。首先，最重要的是，你要考虑你的健康。你一直病得很重，尼娜，也许你并未完全意识到这多么地危险，但我对你说实话，而且查理能够证实我的话，六个月前医生认为，也许需要几年才能 —— 然而，待在家中休息，跟你的老朋友一起寻求健康的户外娱乐，一门心思考虑照管这个家 ——（他强作古板的滑稽微笑）我可以加一句，照管我！—— 你已经令人惊异地好转了，我认为，在最炎热的八月，那是个最蹩脚的主意，而你依然是个正在复原的病人……

尼娜　（思索着）

说吧！—— 他的声音就像乞讨者的风琴发出的倦怠无力、苟延残喘的嗡嗡小调 —— 他的话是坟墓之中化为灰烬的灵魂发出来的……

（苦恼地）

灰烬！啊，戈登，我亲爱的！啊，他的唇吻着我的唇，噢，他强壮的臂膀搂着我，噢，他的灵魂，那么勇敢、那么宽容、那么快乐！灰烬化为泥土！泥土和灰烬！就这些！离去了！永远离我而去了！

利兹教授 （气愤地思索着）

她的眼睛——我知道那目光——温柔、爱慕——不是对我——是对该死的戈登！他死了我真高兴！

（声音有点粗暴）仅仅提前一两个小时通知，让一切事情都悬着，就好像——（随后像个法官似的）不，尼娜，坦率地说，我不明白。你知道，我会很高兴地赞同这世界上任何一桩对你有益的事情，但是——真的，你不能仔细想一想吗！

尼娜 （苦恼地思索着）

戈登宝贝，我必须离开这儿，到一个我可以静静地思念你的地方！……

（她转身面对父亲，竭力控制着自己，嗓音颤抖着——冰冷地）再说也没有用了，父亲。我已经仔细想过了，我要走了！

利兹教授 （粗暴地）但我告诉你，这不可能！我不想提钱的事，但我很可能出不起——我可以问问你怎么养活自己吗？我很遗憾地说，你只上了两年大学，这对你找工作没有多大用处。因此，即使你已经完全从精神崩溃中恢复过来，而任何明眼人都看得出来你还没有，我也坚决认为你应当首先完成你的理学课程，拿到学位，然后再去试着——（绝望地思索着）毫无用处！她不会听的——在想念戈登——她会跟我作对——

尼娜 （绝望地思索着）

我必须保持镇定。我决不能动摇，否则我会把一切都告诉他的。我决不能告诉他，他是我的父亲——

（以同样冷淡、不动声色的斩钉截铁态度）我已经接受过六个月的护士训练。我会完成这种训练的。我认识一位医生，他在一家伤残士兵疗养院工作——是戈登的一个朋友。我给他写过信，他回信说他很乐意为我做出安排。

利兹教授　　（怒气冲冲地思索着）

戈登的朋友！又是戈登！

（严厉地）你这是在郑重其事地告诉我，以你的状况，竟要到士兵医院去做护士！真是荒唐！

马斯登　　（愤慨而反感地思索着）

太对了，教授！她的美貌——所有那些男人——躺在床上——太叫人恶心了！

（以诙谐的劝告口气）是的，我必须告诉你，尼娜，我不想看到你成为和平年代的弗罗伦斯·南丁格尔[①]！

尼娜　　（竭力控制住，不理会这些话，冷漠地）所以你看，父亲，我已经考虑了一切，没有丝毫为我担心的理由。而且，我一直在教玛丽如何照料你，因而你根本不会再需要我了。如果不发生什么事情，你可以过得很好——其实，那些没有发生过的事情是不会发生的。

利兹教授　　瞧呀，甚至你对我说话的态度——你的口吻——无可争议地证明了你不正常！

尼娜　　（她的声音变得有一点怪异，她的思想正在迸发出来）是的，我依然不正常。就是这样，根本不正常。但我正在渐渐变得正常。而且，我必须完成这一转变！

---

① 南丁格尔（1820—1910），英国女护士，是她的贡献把护士工作变成了受人尊重的职业。

利兹教授 （气愤而意味深长地——对马斯登）你听见她的话了吗，查理？她是一个有病的女孩！

尼娜 （慢慢地、怪异地）我没病。我的身体好极了。但是他们有病，我必须用我的健康来帮助他们生存下去，也帮助我自己生存下去。（她的语调突然变得激烈）我必须为我怯懦地背叛戈登而付出代价！你必须理解这一点，父亲，你——（她努力咽下一口气，屏住呼吸。绝望地思索着）

我就要告诉他了！我一定不能！他是我的父亲！

利兹教授 （处于又愧又怕的惊恐之中，但挑衅地）你什么意思？我担心你对你所说的话负不起责任。

尼娜 （又一次以怪异的激烈语气）我必须付出代价！这是我不容置疑的责任！戈登死了！我的生命不论对我还是对别人还有什么作用？但我必须利用它——奉献它！（狂热地）我必须学会奉献自己，你听到了吗——奉献、奉献，直到我能够使自己成为让男人快活的礼物，自己却毫无顾忌、毫无恐惧、毫无快乐，除了享受他的快乐！当我做到这一点时，我才将找到自我，我才将懂得如何重新开始我自己的生活！（以一种绝望的烦躁向他们恳求）你们明白吗？以最普通的情理和荣誉的名义，我把这归于戈登！

利兹教授 （厉声地）不，我不明白——谁也不明白！（狂暴地思索着）

我希望戈登下地狱！……

马斯登 （思索着）

奉献她自己？……她的意思是她的躯体吗？美丽的躯体——献给残疾人？为了戈登的缘故？该死的戈登！……

（冷冷地）你是什么意思，你把这归于戈登，尼娜？

利兹教授 （愤愤地）是的，多么荒谬呀！在我看来，你把你的爱奉献给他，他所得到的比他所能够希望的要多得多……

尼娜 （带着强烈的自我蔑视）我奉献给他？我奉献给他什么了？那是我没能奉献的！他乘船离去的前夜——直把我搂得浑身疼痛——直把我吻得嘴唇麻木——那一夜我一直有预感——我内心有一种预感，他会死的，他再也不会吻我了——我预感得那么真切，但我那懦弱的大脑却在说谎，不，他会回来的，会娶你的，你以后将永远快活，把他的孩子抱在胸前，孩子们仰脸望着你，他们的眼睛那么像他的眼睛，富于占有欲的眼睛，占有了你多么快活啊！（狂暴地）但戈登从来没有占有我！我依然是戈登傻乎乎的处女！而戈登现在是泥土灰烬了！我永远地失去了自己的快活！那最后一夜，我一直知道他要我。我知道，只是那个循规蹈矩的正人君子戈登不停地从他的大脑发布命令，不，你不能，你必须尊重她，你必须等到领取结婚证书之后！（她发出一声嘲讽的大笑。）

利兹教授 （震惊地）尼娜！这太过分了！

马斯登 （反感——发出一声傲慢的讥笑）噢，别这样，尼娜！你是受过教育的，这些听起来不像是你的想法。

尼娜 （不去看他，盯着父亲的眼睛——情绪激烈地）戈登要我！我要戈登！我本来应当让他占有我的！我知道，他会死的，我不会有孩子，不论是大戈登还是小戈登都不会留给我的，快活在向我呼唤，假如我拒绝，快活将永远不会再次呼唤我！然而，我拒绝了！我没让他占有我！我永远地失去了他！现在，我孤零零的，没有孕育任何东西，但是——但是却觉得恶心!(她把这最后一句朝父亲喊出来——凶狠地)我为什么拒绝?是什么懦弱的东西在我内心喊叫,不,你不能,你父亲会怎么说?

利兹教授 (思索着——狂怒地)

这是什么样的畜生!竟是我的女儿!这不是从我这儿继承的!她的母亲是这样吗?

(心烦意乱地)尼娜!我真的不能听下去了!

尼娜 (恶狠狠地)而那正是我父亲所说的话!他对戈登说,等等吧!等着尼娜,等到战争结束,你找到好工作,能够负担得起结婚证书!

利兹教授 (可怜兮兮地缩成一团)尼娜!我——!

马斯登 (奔向他——慌乱地)别把她的话当真,教授!(带着神经质的厌恶思索着)

尼娜变了——现在只有肉体——肉欲——谁能想到她竟会如此放纵肉欲?我真希望这一切与我无关!我真希望我今天没有来这儿!……

尼娜 (冷冷地、不慌不忙地)别再撒谎了,父亲!今天我已经下定决心正视这一切。现在我知道了,为什么戈登临走之前突然放弃了结婚的念头,他突然决定了这件事,这对我是多么地不公平!对我不公平!噢,这真滑稽!一想到我本来会快活,会有戈登,现在会有戈登的孩子——(随后直截了当地指责他)你告诉他这不公平,你要他尊重自己的人格,是不是?

利兹教授 (让自己镇静下来——木然地)是的,我这么做是为了你的缘故,尼娜。

尼娜 (声音与先前一样)现在说谎已经太晚了!

利兹教授 （木然地）让我们这样说吧,我劝自己说,这是为了你的缘故。那大概是真的。你很年轻,你以为一个人可以与真理共存。好极了。我嫉妒戈登,这也是真的。我孤零零的,我不能没有你的爱。我恨他,就像恨一个自己既没法起诉也没法惩罚的小偷。我竭尽全力阻止你们的婚姻。他死了我很高兴。好啦,这就是你想让我说的吧?

尼娜 是的。现在我开始忘记我恨你了。至少,你比我勇敢。

利兹教授 我希望生活在你的爱之中,直到最后一刻。一句话,我是个碰巧成为你父亲的人。(他双手掩面,轻轻抽泣着)宽恕这个人吧!

马斯登 （羞怯地思索着）

一句话,宽恕我们的占有,就像我们宽恕那些在我们之前占有的人那样 —— 母亲肯定正在纳闷,是什么使我待了这么久 —— 是喝茶的时候了 —— 我必须回家 ——

尼娜 （悲哀地）噢,我宽恕你。但是,我现在必须设法找到一种仍然能把自己奉献给戈登的方式,我必须还债,必须学会宽恕我自己,你明白吗?

利兹教授 明白。

尼娜 玛丽会照料你的。

利兹教授 我敢肯定,玛丽会干得非常好。

马斯登 （思索着）

尼娜已经变了 —— 这儿没有我的地方 —— 母亲在等着喝茶 ——

(随后试着以一种把握不定的诙谐口气)是啊,你们两个。但这一切难道不是废话吗? 教授,那种叫人憋气的闷热,还有那些更让人憋气的瘸子跛脚，会使尼娜一个月之后就回到我们这儿的！

利兹教授 （厉声地）在她病好之前，她必须远离那种地方，这一次我这么说真的是为她好。

尼娜 我乘九点四十的车走。（转向马斯登——突然做少女状）上楼吧，查理，帮我捆行李！（她抓住他的手，往外拉他。）

马斯登 （耸耸肩——困惑地）唉——这一切我不能理解！

尼娜 （怪异地笑了笑）但有一天我会在你的一本书里读到这一切的，可到那时，查理，我认不出，更不用说读懂这一切，那将是很容易理解的，查理！（她戏弄地大笑）亲爱的老查理！

马斯登 （痛苦万分地思索着）

真该死——亲爱的老查理！……

（随后和蔼地笑了笑）假如你继续做我最苛刻的批评者的话，尼娜，我将不得不向你求婚！你知道，就那些琐碎的文学传统而言，我可是个固执己见的人！

尼娜 好吧，捆行李时你求吧。（她带着他从右侧出去了。）

利兹教授 （擤擤鼻子，擦擦眼睛，叹了口气，清清嗓子，挺直肩膀，往下拽拽衣服前襟，拉直领结，步履轻快地在屋里踱起步来。他脸上所有的表情都一扫而空）

现在还有三个星期——新学期——我得去看我的笔记了……

（他从前窗往外望去）

中间的草干枯了——汤姆忘了浇水——太马虎了——唉，那不是银行的戴维斯先生吗——银行——现在我的薪水要花得更多——我非要不可的书——两个傻瓜可以过得像一个那样节俭——还有比做一个训练有素的护士更糟糕的事情——良好的教养、出身——她需要这个——她也许在那儿遇上个有钱人——成熟的——在这儿她只能遇见学生——他们的父亲不会赞同,即使他们有什么——

(他坐下来,迫使自己平静地吁了一口气)

我很高兴,我们把这事了结了——现在他的灵魂离去了——再也没有戈登、戈登、戈登了,爱情、赞美、眼泪,全都为了戈登!玛丽会把我照料得很好,我将有更多的闲暇,更安宁的心境。尼娜会回家的——等到她痊愈的时候——那个原来的尼娜!我的小尼娜!她知道,她会宽恕我的,她这么说过,说过!但她真的能够吗?你不能想象吗?在她内心深处?她肯定依然恨?噢,天哪!我觉得冷,孤独!这个家被抛弃了!这幢房子空荡荡的,充满死亡气息!我的心痛极了!……

(他站起来嘶哑地叫着)尼娜!

尼娜的声音 (她清纯的少女声音从楼上传来)哎,父亲。你找我吗?

利兹教授 (内心斗争着——走到门边,平淡中带着深情,叫道)不,没什么,只是想提醒你早点叫辆出租车。

尼娜的声音 我不会忘记的。

利兹教授 (看看表)

刚刚五点半——九点四十,火车——到那时——尼娜就不在了!……还有四个小时,她就会打起行李——说再见——吻一下——彼此再没有什么可说的——哪一天我会死在这儿——孤独地——喘息着喊叫救命——校长会在葬礼上讲话——尼娜会回到这儿——尼娜身着丧服——太晚了!……

（他嘶哑地叫着）尼娜！（没有回答）

在别的房间 —— 听不见 —— 都一样……

（他转向书橱，抽出他的手碰到的第一卷书，随便翻开，开始声音洪亮地大声朗读，活像一个在黑暗中吹口哨壮胆的孩子。）

"孑然挺立于思想的城堡

目光如炬，傲视星空

细细察看奥林帕斯山

寻觅着天神的身影……"①

〔幕落〕

---

① 原文为拉丁文。引自罗马劝世诗人马尼利乌斯（活动时期1世纪初）的论天文学和占星术的长诗《天文学》（*Astronomica*）。

第 二 幕

景：同第一幕，利兹教授的书房。一年以后，初秋的一个夜晚，九点左右。这间房只有一个变化，所有淡肉色的遮阳窗帘全都拉了下来，叫人觉得那些窗户宛若一只只闭合着的没有生命力的眼睛，使得这房间比以前更加远离人生。桌上的台灯亮着，桌子上的一切，稿纸、铅笔、钢笔等等，都摆放得整整齐齐。

〔马斯登坐在中间的椅子上。他整整齐齐地穿着一套英国做工的蓝哔叽服装，那种深蓝近乎黑色，再加上他脸上忧郁的沉思表情，让人明显感到这是个服丧的人。他颀长的躯体疲倦地陷在椅子里，脑袋向前耷拉着，下巴几乎触到了胸口，悲哀的目光直视着，什么也看不见。

马斯登 （思绪低沉，平淡地，呆滞而悲伤地）
预言家教授！我记得他曾说过——在尼娜离家后不久——"某一天，在这里——你将找到我"——他预见到了吗？不，生活中的一切都是那么倨傲、那么偶然！是上帝对我们妄自尊大的嘲弄！

（狞笑）

可怜的教授！他曾经处在可怕的孤独之中——试图掩盖——总是告诉你医院的训练对她多么有益处——可怜的老家伙！

（他的声音变得犹疑、沙哑——他控制着——坐直）

几点了？

（他机械地掏出表看看）

九点过十分了——尼娜应当来到了……

（随后突然愤愤地）

我在想，对他的死，她会真心感到悲痛吗？我怀疑！但我为什么这样愤愤不平呢？我两次去医院探望，她都很愉快，愉快地躲躲闪闪！也许她以为她父亲派我去监视她——可怜的教授！至少她给他回信了，他常把信给我看——又伤心又高兴——啰唆、毫无情感的信，一句也不提她自己——好啦，她不会再写这样的信了，她从没回过我的信。她至少应当认出它们的——母亲认为，她的行为实在难以原谅——

（随后嫉妒地）

我猜想所有那些该死的病员都爱上了她！她的目光乖戾——厌恶男人——就好像我看到一双妓女的眼睛——我何曾看到过——只有那一次——在一美元屋——她的眼睛就像一碟脱脂牛奶中的黑漆皮纽扣！

（烦躁地站起身）

糟透了！我们的记忆总是思念着多么要命的偶然事件啊！丑

陋的、令人恶心的 —— 那些美好的事情我们得写到日记里才能记得住!

(他苦中取乐地一笑 —— 随后愤愤地)

尼娜在这儿的最后一夜 —— 她那么厚颜无耻地说要奉献她自己 —— 我真想知道她在那所全是男人的医院里一直在干什么 —— 特别是那个妄自尊大的小混蛋,那个医生! —— 戈登的朋友!

(他对自己皱皱眉,毅然止住自己的思绪,走回来又坐到椅子上 —— 用一种讥讽的交谈语调,仿佛这一次他真的在对另一个人讲话)

说实在的,做这种推测,现在能是合适的时候吗 —— 她父亲的遗体还停放在楼上呢?

(沉寂,似乎他觉得碍于体面,让自己闭了口 —— 随后他机械地掏出表盯看着。就在此时,传来汽车驶近、停在花园外路边的声音。他跳了起来,朝门口走去 —— 随后困惑地犹豫着)

不,让玛丽去 —— 我不知道该怎么做 —— 把她搂在怀中?吻她? 就在现在? 或者等到她? ⋯⋯

(刺耳的铃声从房子的后部传来。从前面传来声音,先是尼娜的,接着是一个男人的。马斯登哆嗦了一下,突然面露愠色,垂头丧气)

有人和她一起! ⋯⋯是个男人 —— 我还以为她一个人呢! ⋯⋯

(传来玛丽拖着脚走向敞开着的前门的声音。紧接着,玛丽见到尼娜便哭了起来,可以听到她抑制不住的抽泣哽咽声,她断断续续的哭诉淹没了尼娜安慰她的声音。)

尼娜 (当玛丽的悲伤消退了几分之后,她平淡单调的声音可以听得见了)马斯登先生没在这儿吗,玛丽? (大声叫道)查理!

马斯登 （困惑——嘶哑地）在这儿——我在书房呢，尼娜。（他犹疑地朝门口走去。）

尼娜 （走进来，站在门里边。她身着护士服，头戴护士帽，外面罩着拉格伦式大衣①。她显得比前一幕老一些，面庞苍白且更加瘦削，颧骨凸出，嘴唇绷得紧紧的，坚实的线条流露出讥诮与蔑视。她的眼睛直直射出幻灭的目光，如盔甲般保护着她受伤的心灵。她所接受的训练也使她的性格变得粗野了一点，使她对痛苦无动于衷，使她养成护士职业化的冷峻态度。在努力控制自己神经的挣扎中，她过分地追求冷漠而讲究效率的镇定，但实际上她处在一种比以往任何时候都更加紧张、更加紊乱的状态之中，不过现在她更有能力压抑和遮掩这种状态。她依然端庄出众，她的苍白、她对自己隐秘经历的暗示大大加强了她肉体的魅力。她茫然地盯着马斯登，用一种古怪的平淡语调开口说话）你好，查理。玛丽说，他死了。

马斯登 （点了几下头——愚钝地）是的。

尼娜 （以同样的语调）太糟了。我带来了达雷尔大夫，我还以为会有机会呢。（她停了停，环视房间——困惑地思索着）

他的书——他的椅子——他总是坐在那儿——那儿是他的桌子——从来不让小尼娜碰任何东西——她常常坐在他腿上——蜷缩在他怀里——在梦中进入窗外的黑暗——壁炉前他温暖的臂膀中——梦见火花飞扬，在寒冷的黑暗中熄灭——在他温暖的爱抚中，安全地飘入梦乡——"爹爹的女孩，你不是吗？"……

（她环顾四周，又上下望望）

---

① 一种袖缝直至领部的连袖大衣。

他的家——我的家——他是我的父亲——他死了……

（她摇摇头）

是的，我听见你了，小尼娜，但你的话我一个字也听不懂……

（她露出嘲讽的、自我蔑视的微笑）

对不起，父亲！你瞧，对我来说，你已经死了很久了——戈登死的时候，所有男人都死了——那时你给我的感觉是什么？没有感觉——现在我没有感觉——这太糟糕了……

马斯登 （伤心地思索着）

我满心希望她会扑到我怀里，哭泣，把脸埋在我的肩上。"噢，查理，你是我在这个世界上剩下的唯一亲人了……"

（随后气愤地）

她为什么非得带那个达雷尔回来不可？

尼娜 （平淡地）那天晚上当我说再见时，我预感到再也见不到他了。

马斯登 （很高兴有这个机会表达自己的义愤）你从来也没打算再见他，尼娜！（随即对自己厌恶极了——懊悔地）宽恕我！我这么说太卑劣了！

尼娜 （摇摇头——平淡地）我不想让他看见他以为是我的那个人。（讽刺地）那是另一面，你没法从这儿用言语去解剖，查理！（随即突然以护士那种冷漠、讲究效率的口吻提出一个非问不可的问题）他在楼上吗？（马斯登呆滞地点点头）我去带内德上楼。我还是去的好。（她转身步履轻快地走出去。）

马斯登 （盯着她的背影——闷声地）

这不是尼娜……

（愤慨地）

他们在那儿扼杀了她的灵魂!……

(泪水突然夺眶而出,他掏出手帕擦了擦,声音嘶哑地嘟嚷着)

可怜的老教授!……

(随后突然嘲笑起自己来)

看在上帝分上,别演戏了! 不是教授! 是亲爱的老查理哭了起来,因为她没有把脸埋在他的肩上哭泣……像他希望的那样!……

(他发出刺耳的大笑——突然看到门外有个人在盯着自己——厉声喝问)谁在那儿?

埃文斯 (嗓音尴尬,犹犹豫豫地从门厅走过来)没什么。(他腼腆地咧嘴笑着出现在门口)是我——我,我的意思是——利兹小姐叫我到这儿来的。(他笨拙地伸出手)恐怕你不记得我了,马斯登先生。那天在医院利兹小姐为我们做过介绍,你要走的时候我正好进来。我姓埃文斯。

马斯登 (一直打量着他,他的怨愤渐渐减退,强作热诚的微笑,与他握了握手)哦,是的。刚开始我没认出你来。

埃文斯 (局促不安地)我觉得自己有点唐突了。

马斯登 (开始被他那种讨人喜爱的稚气所吸引)哪里哪里,请坐。

(他坐到中间的摇椅上,埃文斯则走向右边的长凳。他拘束地弓着腰坐下来,两只手搓弄着帽子。他身材中等偏高,皮肤白皙,一双天真无邪的、怯生生的蓝眼睛,体形的轮廓就像一根尚未成年的原木。他的脸庞散发着青春活力,双颊红润,是那种稚嫩的英俊。和女性或年长者在一起时,他举止腼腆,与朋友在一起时却活跃而顽皮。他缺乏自信,一副迷惘彷徨的哀怜神情,然而在他柔弱的外表之下,又透出某种尚未苏醒的顽强力量。尽管他已经二十五岁,离开大学也已经三年了，却依然穿着最新式的学生装。由于他显得比实际年龄年轻，总被人误认为是个本科生，他也乐于这样，因为这使他立足于自己的生活圈子之内。）

马斯登 （目光锐利地打量着他——觉得有趣）

他肯定不是什么了不起的英才——个头太大的男孩——虽然气质讨人喜欢……

埃文斯 （在马斯登的目光下很不自在）

乍一看……像是个好人。尼娜说他是——看来我应当谈谈他写的书，可我连一本书名也记不起来……

（他突然脱口而出）你早就认识尼娜——利兹小姐——从她小时候，不是吗？

马斯登 （有点简慢地）是的。你认识她多久了？

埃文斯 这个——只是从她来到医院以后才真正认识，不过几年前我和戈登·肖在一次大学舞会上遇见过她。

马斯登 （冷漠地）哦，你认识戈登？

埃文斯 （骄傲地）当然！我跟他在一个班上！（由钦佩上升到对英雄的崇拜）他真是个奇才，不是吗？

马斯登 （刻薄地）

戈登永远高于一切！我开始赞赏教授的观点……

（漫不经心地）一个好小伙！你非常了解他吗？

埃文斯 不。那帮与他常来常往的大多是体育很出色的人——而我却从来不行。（强作笑容）不论哪种运动，我总是第一个被从运动队里赶走的。（随后带着一股谦卑的骄傲）不管怎样，我从没放弃努力！

马斯登 （安慰地）喔，体育英雄大学毕业后往往表现不怎么出色。

埃文斯　　戈登是出色的！（急切地——怀着由衷的钦佩）在战争中！他是个王牌驾驶员！他作战总是那么利索，和他打橄榄球一样！就连德国鬼子也佩服他！

马斯登　　（刻薄地思索着）

这个戈登的崇拜者肯定是尼娜的宝贝！

（漫不经心地）你在军中服过役吗？

埃文斯　　（羞愧地）是的——是步兵——但我从没去过前线——从没见过什么令人激动的事情。（郁闷地思索着）

不能告诉他我曾试图参加空军——想要加入戈登的分队，没能通过体能测验——我想要的东西从来得不到——想必我同样会失去尼娜……

（随后振作精神）

嗨，你！……你怎么啦？……别放弃！……

马斯登　　（一直探究地盯着他）你今天晚上怎么会到这儿来的？

埃文斯　　你的电报送去时，我正在尼娜那儿。内德认为我最好也来这儿——可能会帮上忙的。

马斯登　　（皱眉）你是说达雷尔大夫吧？（埃文斯点头）他是你的亲密朋友吗？

埃文斯　　（犹豫地）这个呀，算是的吧。在大学里他和我住同一个宿舍。我是个新生，他已经上高年级了。他帮了我不少忙，可怜我，我太嫩了。大约一年前，我到医院探望我分队里的一个伙伴，又碰上了他。（随后咧嘴一笑）不过我要说，内德跟谁也不亲密。他是个地地道道的医生，他只关心你到底有什么毛病！（他咯咯一笑——随后急忙地）但是，别误解我的意思。他是个顶好的人！你认识他，不是吗？

马斯登 （生硬地）也算是吧，尼娜曾为我们做过介绍。（愤愤地思索着）

他和她单独在楼上——我希望那是我……

埃文斯 不想让他误解内德——内德是我最好的朋友——尽他所能帮助我和尼娜。他认为尼娜终将会嫁给我的……天哪，但愿她嫁给我！我不敢指望她一开始就爱我，能够照料她我就很开心了——为她准备早餐——把早餐送到楼上她的床头——把枕头垫到她的后背下——为她梳理头发——只要能吻吻她的头发，我就会很快活的！

马斯登 （焦虑地——猜疑地思索着）

达雷尔与尼娜是什么关系？关心她到底有什么毛病？该死的念头！我为什么在乎？我要问问这个埃文斯——趁我有机会套他的话……

（强作漠不关心的样子）你的医生朋友与利兹小姐"亲密"吗？自从她精神崩溃后，她可是有一大堆毛病，他是不是对这个感兴趣呢！（他漫不经心地笑笑。）

埃文斯 （浑身一震，从遐想中醒来）噢——呃——是。他总是吓唬她，说她应当更好地照顾自己，可她只是一笑置之。（严肃地）她若是接受了他的建议，那可就好多了。

马斯登 （猜疑地）这是肯定的。

埃文斯 （以一种稚气的庄重宣布）她不正常，马斯登先生。而我以为，当她应当忘记战争时，护理那些可怜的家伙却使她面对战争。我是这么想的，她应该改变一下，辞掉护理工作，让别人来护理她。

马斯登 （被打动——急切地）这正是我的看法。（思索着）

如果她能在这儿住下来 —— 我能够天天过来,我可以护理她。母亲在家里 —— 尼娜在这儿 —— 那么一来我怎么能够工作!……

埃文斯 (思索着)

看来他肯定是支持我的 —— 到目前为止!

(随后突然一阵慌乱)

我要告诉他吗? 他将会像她的保护人 —— 我得知道他的立场……

(他庄重而诚恳地开口了)马斯登先生,我 —— 我想有件事我应当告诉你。你瞧,尼娜多次谈到过你,我知道她对你多么看重。现在她家的老人 ——(他困惑地犹豫着)我的意思是,她的父亲去世了……

马斯登 (有几分惊恐 —— 思索着)

这是什么意思? 求婚? 正式的? 娶她为妻? 向我提出? 现在是父亲查理了,唔? 哈! 天哪,什么样的傻瓜呀! 他竟以为她会爱他吗? 可她也许 —— 长得不难看 —— 讨人喜欢,天真 —— 需要人照顾……

埃文斯 (不管不顾地说下去)我知道眼下很难说是合适的时候……

马斯登 (打断他 —— 干涩地)也许我能猜到。你是要告诉我你爱尼娜?

埃文斯 是的,先生,我已经向她求过婚了。

马斯登 她怎么说?

埃文斯 (腼腆地)什么也没说,她只是笑笑。

马斯登 (松了一口气)噢。(随后严厉地)是啊,你能有什么指望?

毫无疑问,你肯定知道她依然爱着戈登喽?

埃文斯 （勇敢地）当然,我知道——并且因为这个我崇拜她!大多数姑娘很容易忘事,但她爱戈登还会爱很久的。我也知道,和他相比我是个一无所长的家伙——但我爱她和他爱得一样深,或者和任何人一样深! 并且,我决心为了她奋力拼搏——我知道我能够做到!——因此我能够给予她她所需要的一切。此外,除了照料她的权利,我不会要求任何回报的。(困惑地脱口而出)我从没认为她——在那方面——她真是太美丽、太绝妙了——并非我不指望她过一段时间后会渐渐爱上我……

马斯登 （厉声地）那么,关于这件事你到底希望我做点什么?

埃文斯 （吓了一跳）这个——唔——没什么,先生。我只是认为你应当知道。(腼腆地抬眼望望天花板,又低头看看地面,搓弄着帽子。)

马斯登 （思索着——起初怀着醋意的赞赏和嫉妒）

他以为他的意思是——纯洁的爱!——讲起来很容易——他不懂生活——但也许他对尼娜有用处——假如她嫁给这个傻瓜,她会很忠贞吗? 那么我呢? 多么卑劣的念头! 我不是那个意思!

(随后强作和蔼的口气)你瞧,关于这件事我确实没什么好做的。(微微一笑)假如尼娜愿意,她会接受的——假如她不愿意,她不会接受的。不过我祝你交好运。

埃文斯 （立刻表现出稚气之至的感激）谢谢! 你真是太好了,马斯登先生!

马斯登 但我以为,我们最好撂下这个话题,你看呢? 我们忘了她的父亲……

埃文斯 （愧疚而窘迫地）是的——肯定——我真是个该死的傻瓜！请原谅我！（从门厅传来脚步声，埃德蒙·达雷尔大夫走了进来。他二十七岁，又矮又黑，瘦削而结实。他动作灵活而坚定，神态冷静而机警，一双黑眼睛十分锐利，头颅英俊而睿智。他的气质中具有一种令女人心醉神迷的浓烈激情，这种激情他经过严格的自我训练完全可以把握住，只是在当他想要通过研究自己与她们的反应而获取客观的乐趣时，他才会把这种激情释放出来；因此，他一向以为，对性的真实本质的科学理解使得自己超脱于爱欲之上。他看到了埃文斯和马斯登，默默地朝马斯登点点头，后者冷冷地点头还礼。他走到桌旁，从衣袋中掏出一沓处方，急匆匆地在上面写着什么。）

马斯登 （讥讽地思索着）

真有意思，这些年轻的医生！汗流浃背地努力做出冷静的样子！写处方大概给那具尸首开咳嗽药吧！英俊吗？有几分吧——我敢说，对女人有吸引力……

达雷尔 （撕下一张处方纸——递给埃文斯）喏，萨姆，快到街上去，把这药买来。

埃文斯 （松了一口气）好吧。有机会走一走我很高兴。（他从后面出去了。）

达雷尔 （转向马斯登）是给尼娜的药。她今天晚上得睡一会儿。（他一屁股坐到中间的椅子上，马斯登则不由自主地坐到桌后教授的位置上。这两个男人互相凝视了片刻，达雷尔毫不掩饰的、锐利的探究目光盯得马斯登心烦意乱，使得他对前者的怨恨越发强烈。）

这个马斯登不喜欢我，这显而易见。但他引起了我的兴趣，读他的书——很想知道他对尼娜的病情有什么影响——他的小说只不过表面上写得不错，没有深度，没有往深层挖掘。为什么？有这个天赋，但没胆量，害怕在哪儿碰上他自己——是那些可怜家伙中的一个，他们一辈子都在努力避免探索自己所属于的那个性别！……

马斯登　但愿我有他们那种在医学院练就的冷冰冰的诊断目光吧！就像哈佛那些来自艾奥瓦乡下的一年级新生拼命争取高分！他的专业是什么？我想，是精神病学家吧——希望他不是心理学家——有很多需要解释的，弗洛伊德先生！与罪行相当的惩罚，早餐时数不清的平庸之辈没完没了地对他谈论梦中的蛇，他却只能被迫洗耳恭听——哼，多么灵验的万用药呀！——能激活哲学家的性欲——"啊，俄狄浦斯，啊，我的国王！这世界在收养你！"

达雷尔　必须迫使他为了尼娜行动起来，必须取得他的帮助，没什么时间说服他了，他属于那种你得在他脚底爆炸一颗炸弹才能推动的人——但那炸弹不能太大——很容易把这种人炸成碎片……

（粗暴地）尼娜又崩溃了！她父亲的去世给予她的打击并非通常意义上的悲痛。我真盼着是这样的！不，那种打击在于，她最终认识到她对什么事都没有感觉了。这就是她正在楼上干的——努力使自己有点感觉！

马斯登　（怨恨地）我认为你错了。她爱她的父亲……

达雷尔　（简洁、干涩地）我们不能把时间浪费在感伤上了，马斯登！她随时会下来，我有话要和你好好谈谈。（当马斯登好像要发出抗议时）尼娜对你怀有真挚的情感，我想象得出来，你对她也是一样。因此，你和我同样希望给她治好病。她是个绝妙的姑娘，她应当得到快活生活的每一个机会。（厉声强调下面的话）但以她眼下的状况，她是没有机会的。她已经经历了太多的毁灭性事件，若是再来上几次，她就会往阴沟里跳，而这仅仅是为了获得知道自己触底了、绝不会再往下沉了的安全感！

马斯登 （反感、气愤，几乎跳起来）喂，达雷尔，这种荒唐的说法我一句也听不下去了！

达雷尔 （毫不客气地——以权威的口气）你怎么知道这是荒唐的呢？自从尼娜离开家之后，你了解她的什么？可在我看出她本人确实应当住院治疗前三天，她就没有跟着我们做护士啦；而自那以后，我一直在研究她的病况。所以我想你应当听听。

马斯登 （冷冰冰地）我在听呢。（意识到什么，惊骇）阴沟——她已经——我真希望他没告诉我！……

达雷尔 （思索着）

我必须告诉他多少？不能告诉他她滥交的真相——他生来就不是面对现实的人——没有一个作家生活在自己的书之外——对他必须说得委婉些，可也不能太委婉！

一种殉道的病态渴望越来越强烈地支配着尼娜。原因是不言而喻的。戈登走了，没有——哦，让我们说没有娶她吧。战争杀死了他，留下她没着没落的。于是她开始责备自己，决定借助于假装爱上那些战争受害者的方式，在献身的同时让他们觉得快活。这个想法很好，不过没有奏效。尼娜是个拙劣的演员，她没能说服他们相信她的爱情——也没能让自己确信自己的善良动机。结果，每次经历那种事情，都只能使她更加深感愧疚，只能更坚定她自我惩罚自己的决心！

马斯登　（思索着）

他这是什么意思？她做到什么地步？多少次……

（冷冷地、讥讽地）你的高谈阔论是建立在她的什么具体行为之上的，我可以问问吗？

达雷尔　（同样冷冷地）建立在她毫不掩饰的欲望之上，她一心要当众出丑，接吻、搂抱、抚摸——随你把这说成什么——概括地说，调情——和疗养院里任何一个在她手上的病人！！（讽刺地思索着）

调情！——用这个词形容她那些风流事，是相当委婉了——可对这位女里女气的先生来说，却是太刺耳了……

马斯登　（愤愤地）

他在说谎！他在竭力掩盖什么？他是那些人中的一个吗？她的情人？我必须把她从他身边弄走——让她嫁给埃文斯！——

（威严地）那么她绝不能再回你那家医院，这一点是肯定的！

达雷尔　（急促地）你说得很对，就是这一点使我想到我想要你劝说她去做的一件事。

马斯登　（猜疑地思索着）

他不想让她回去——我肯定是想错了——但也许有许多原因使他盼着把她摆脱掉……

（冷冷地）我想你夸大了我的影响力。

达雷尔　（急切地）一点也没有。你是把她与曾经是她的那个戈登战死之前的姑娘联系起来的唯一纽带。在她的心目中，你与那个快活而安定、生机勃勃、心境安宁的年代密不可分，我是从她谈到你时的语气中知道这一点的。你是她依然敬重的唯一一个人——真正爱恋的唯一一个。（马斯登愧疚地跳起来，慌乱地瞥了他一眼——笑了一声）哦，你不必做出害怕的样子。我的意思是她对一位叔叔的爱恋。

马斯登　（痛苦地思索着）

害怕？我吗？她爱恋的唯一一个人？然后他说"她对一位叔叔的爱恋"——现在是查理叔叔了！——这个混蛋！……

达雷尔　（打量着他）

显得心烦意乱——我猜想是要逃避所有对她应负的责任——他是那种人——这就更好了！他会迫不及待地把她安安稳稳地嫁出去的！……

（直率地）这就是我为什么要说上面这番话的原因。你得帮她赶快跳出那个地方。

马斯登　（愤愤地）我可以问问怎么帮吗？

达雷尔　依我看，只有一个办法，把她嫁给萨姆·埃文斯。

马斯登　（大吃一惊）埃文斯？（他朝门口做了个傻乎乎的手势——困惑地思索着）

又错了——他为什么要她嫁给——这里面有鬼……

达雷尔　是的，埃文斯。他爱她，那是你读到的那种无私的爱。她也喜欢他，当然喽，是以一种母爱的方式——但那正是她目前所需要的，她很想给什么人做母亲，对他颐指气使，也让自己有事可做。更重要的是，这样她便有了生育孩子的机会。她必须找到实现自己献身渴望的正常途径。戈登之死困住了她内心的情感生活，她必须为之寻找正常的爱恋对象，而嫁给萨姆应当能够遂了她的心愿。应当能够。当然，谁也不敢打包票。但我想，萨姆无私的爱，加上她对他的真心喜爱,将会渐渐为她找回安全感,找回人生依然有点价值的感觉,只要她获得那种感觉,她就得救了!(他一直用劝导的口气讲话,此刻焦虑地问道)难道你不认为这很有道理吗?

马斯登　(猜疑地——干巴巴地含糊其词)遗憾的是,我没有资格发表意见。首先,我对埃文斯一点也不了解。

达雷尔　(强调地)这个嘛,我了解。他是个优秀而健康的小伙子,为人正直随和,你尽管相信我的话。而且我敢肯定,他具备成功的素质,只待他成熟起来、全力以赴投入工作。眼下他只是个大孩子,可他所缺少的不过是一点自信和责任感。还有,考虑到他刚刚投身广告业,他的工作已经相当不错了——足以维持他们的生活。(微微一笑)在我促成这桩婚姻时,我也在为萨姆开药方。

马斯登　(表现出势利的一面)你了解他的家庭吗——是什么样的人家?

达雷尔　(尖刻地)如果你的意思是指他们的社会地位,我不清楚!他们是北边的乡下人——是果农和农夫,生活富裕,这我相信。尽管我从没见过他们,我敢肯定他们全都朴实而健康。

马斯登　(有点惭愧——匆忙改换话题)你向尼娜提起过这门婚事吗?

达雷尔　提过,最近半开玩笑地提过许多次。假如我一本正经地说,她不会听的,她会说我是在开药方。但我认为我的话已经把这事作为一种可能性植入了她的心田。

马斯登　(猜疑地思索着)

这位医生是她的情人吗?试图蒙上我的眼睛?利用我为他安

排一种便利的三角关系？……

(粗暴地——但强作开玩笑的口气)你知道我有点怀疑什么吗，大夫？大概你自己爱上尼娜了吧？

达雷尔 (大吃一惊)你怎么会怀疑到这个！究竟是什么使你这么认为？并不是任何人都可能爱上尼娜的，大多数人会的，但碰巧我没有爱上，更重要的是，我永远不会爱上。在我的心目中，她永远属于戈登。也许那只是她自己对戈登怀有的愚顽念头的一个影像罢了。(突然干涩地、粗暴地)我不愿意跟人分享一个女人——即使是跟一个鬼魂！(刻薄地思索着)更不要提那些占有她的活人！萨姆不知道他们——我敢打赌，即使她坦白出来，他也不会相信的！……

马斯登 (困惑地思索着)

又错了！他没说谎——但我觉得他在隐瞒什么——为什么他回忆起戈登时那么怨气冲天？为什么我会同情？……

(以怪异的嘲讽口吻)我很赞赏你对戈登的感情，我自己也不会愿意分享一个鬼魂的情人。鬼魂那个物种的生命力是如此坚不可摧，即使医生也无法杀死其中任何一个，对吧？(挤出一声大笑——随后以友好而亲密的口气)作为一个鬼魂，戈登太不可思议了，尼娜的父亲对他也是这种感觉。(突然想起死人——以悔悟的悲伤口气)你不认识她父亲，是吗？迷人的老家伙！

达雷尔 (听到门厅传来声音——警告地)嘘！(尼娜慢慢地进来了。她用古怪、敏锐、好奇的目光看看这个，又瞅瞅那个，然而她的脸庞却似乎已耗尽所有对人与人关系的情感反应，宛若一张毫无表情的苍白面具，而她的眼神散乱、鬼祟，一双眼睛如同正在自行采取行动的录音工具。两个男人已经站起来，焦虑地盯着她。达雷尔往后退去，一直退到一侧，站在前一幕中马斯登占据的位置上，马斯登则居于她父亲的位置，她则停在她曾站立过的地方。稍顿。随后，当两个男人都要讲话时，她开口了，好像在回答他们向她提出的问题。）

尼娜　（以古怪而平淡的口气）是的，他死了——我的父亲——他的激情创造了我——他开始了我的生命——他走到了终点。活着的只有他的终点——他的死亡。此刻，它活着，离我越来越近、越来越近，最后将成为我的终点！（随后带着怪异的、扭曲的笑容）我们这些可怜的猴子是怎样躲在被称作词语的声音后面逃避自我的啊！

马斯登　（惊恐地思索着）

她是多么可怕呀！她是谁？不是我的尼娜！……

（似乎为了让自己安心——怯怯地）尼娜！（达雷尔不耐烦地示意他让她讲下去。她的话唤起了他的兴趣，他觉得把话说出来对她有好处。她吃惊地盯看了马斯登片刻，好像认不出来他似的。）

尼娜　什么？（随后想起他是谁了——怀着真挚的情感，这对他像是一种令人烦躁的刺激）亲爱的老查理！

马斯登　亲爱的混蛋查理！她真喜欢折磨人！

（随后强作笑容——抚慰地）是的，尼娜·卡拉·尼娜！就在这儿！

尼娜　（强作笑脸）你看上去惊恐不安，查理。我是不是怪怪的？那是因为我突然看清了被称作词语的声音之中的谎言。你知道——悲痛、哀悼、爱情、父亲——我们的嘴唇发出这些声音，我们的手写下它们。你应当知道我是什么意思，你用它们写作。你最近又写完了一部小说吗？但是，停下来想一想，你恰恰是那个不可能知道我是什么意思的人。对你来说，那些谎言已经变成唯一真实的东西了。依我看，这正是这整个含糊混沌大杂烩的合乎逻辑的结论，不是吗？你理解我吗，查理？你说"谎言"这个词——（她拖长声音发出英文"谎言"一词）L-i-i-e！现在，你说"生活"这个词。L-i-i-f-e！你瞧！"生活"就是拖长了音的"谎言"，不过末尾加上个"f"的音罢了！（她笑了起来。）

马斯登　　（惊奇而痛苦）

她真冷酷！……像个妓女！……用肮脏的指甲撕碎你的心！我的尼娜！残忍的娼妇！也许哪一天我忍不下去了！我会尖声喊出有关所有女人的真理！她们的心不比只值一美元的妓女善良到哪儿去！……

（随后一阵悔恨）

宽恕我，母亲！我不是指所有女人！……

达雷尔　　（此刻他有点担忧——劝慰地）为什么不坐下呢，尼娜，也让我们这两个男士坐下？

尼娜　　（朝他匆匆地、机械地一笑）噢，好吧，内德。（她坐在中间，他走过去坐到长凳上。马斯登坐到桌旁。她挖苦地讲下去）你又在为我开药方了吧，内德？这是我的宝贝医生，查理。他就是上了天堂也不会快活，除非因为他抓住了什么，被上帝召了去！你认识哪个年轻的科学家吗，查理？他认为，如果你把谎言撕碎，那些碎片就是真理！我喜欢他，因为他的心肠那么硬，可有一次他吻了我——出于片刻的肉欲渴望！我大吃一惊，好像是被木乃伊吻了似的！他随即显得那么憎恨他自己！我不由得大笑！（她怀着怜悯与蔑视朝他笑笑。）

达雷尔　　（和气地笑着）好吧，就别再提了！（尽管烦躁，但也觉得

有趣)

我已经忘了那一吻,事后我很生自己的气。她是那么无动于衷!

尼娜 (神思恍惚地)你们知道我在楼上干什么吗? 我试着祈祷,我努力试着向现代科学的上帝祈祷。我想到一百亿光年之外的环状星云——数不清的宇宙中的另一个。但那个上帝又怎么会关心我们诞生于生育之中的微不足道的死亡痛苦呢? 我不能相信那个上帝,即使我能,我也不愿相信! 我宁愿效仿他的无动于衷,去证实我拥有那种至少具有共性的品质!

马斯登 (焦虑地)尼娜,你为什么不躺下休息呢?

尼娜 (戏弄地)哦,让我讲下去,查理! 记住,它们只是词语! 我可怜脑袋的思绪中挤进了那么多那么多的词语! 你最好让它们涌出去,否则它们会冲破堤坝的! 我曾愿意不惜代价信仰任何一个上帝——一堆石头、一尊泥像、墙上的一幅画、一只鸟、一条鱼、一条蛇、一只狒狒——甚至一个好人,这个好人宣讲那些老掉牙的简单真理,那些福音书中的词语,我们很喜欢它们的声音,但却把它们的意义作为生活准则转交给鬼怪!

马斯登 (又一次——半站起——惊恐地)尼娜! 你不应当说下去了。你会把自己累坏的——(他气愤地扫了达雷尔一眼,似乎要求他这个医生做点什么。)

尼娜 (酸楚而绝望地)噢,好吧!

达雷尔 (回答他的目光——思索着)

你这可怜的傻瓜! ——让她把这些都从心里发泄出来对她有好处——然后就轮到你把她带到萨姆面前了……

（朝门口走去）我想出去活动活动腿脚。

马斯登　（思索着——恐慌地）

我不想和她单独在一起！我不了解她！我害怕！……

（抗议地）这个——但是——等等——我敢肯定尼娜宁愿……

尼娜　（呆滞地）随他去吧。我已经说出了我所能说的一切——对他。我要和你谈谈，查理。（达雷尔意味深长地看了看马斯登，悄无声息地走了出去——稍顿。）

马斯登　（颤抖地思索着）

这儿——眼下——我希望什么——她和我单独——她会哭喊的——我将安慰她——为什么我这么害怕——我害怕谁呢？是她吗？或者是我？……

尼娜　（怀着怜悯也怀着轻蔑，突然地）你为什么总是那么胆怯，查理？你为什么害怕？你害怕什么？

马斯登　（恐慌地思索着）

她钻进我的灵魂来刺探！……

（随后大胆地）

那么好吧，这一次就说出那么一点点事实吧！……

（胆怯地）我害怕——害怕生活，尼娜。

尼娜　（慢慢点了点头）我知道。（停了一下——古怪地）错误始于上帝被创造成一个男人的形象。当然，女人会把上帝视作男人，但男人们应当具有足够的教养，当他们想起自己的母亲时会把上帝变成女人！然而，上帝的上帝——顶尖人物——一直是个男人。这就使得生活那么反常，死亡那么怪异。我们应当这样想象，生活诞生于上帝母亲分娩的痛苦之中，那样我们才能够理解，为什么我们作为她的孩子会承继她的痛苦，因为我们懂得，我们的生活节奏和着她那颗遭受爱与生育痛苦折磨的伟大心脏而跳动。而且，我们将感受到，死亡意味着与她重聚，意味着重回她的肉体、她的血脉，分享她的安宁！（马斯登一直惊异地听她讲话。她发出一声低低的怪笑）比起一个从胸膛里发出利己主义的吼叫、对那些疲惫的灵魂过于严厉、从不给予任何慰藉的男性上帝，这难道不更合乎逻辑、更令人满意吗？是不是呀，查理？

马斯登　（以一种怪异的、激情洋溢的急切）是的！的确是这样！是这样，尼娜！

尼娜　（突然跳起来，走向他——怀着一种令人毛骨悚然的悲哀凄凉）啊，上帝，查理，我想要信仰什么东西！我要信仰，这样我才能有感觉！我想要感觉到他死了——我的父亲！而我感觉不到任何东西，查理！我什么都感觉不到！（她跪倒在他身边，双手掩面，伏到他的膝上，啜泣起来——发出憋闷的、伤心欲绝的哭声。）

马斯登　（弯下腰，用颤抖的手拍拍她的头，犹疑地、声音颤抖地劝慰她）好啦——好啦——别——尼娜，求你了——别哭了——你会把自己弄病的——来吧——起来——起来吧！（他双手抓住她的胳膊，扶她半站起来，但她的脸庞依然捂在自己的掌中；她抽泣着，像个小姑娘似的跌坐到他的腿上，把脸埋在他的肩上。他快活极了，一脸喜不自禁的神情——欣喜若狂地低语）正像我所梦想的——带着更浓烈的甜蜜！……

（他怀着深深的敬意吻着她的头发）

太好啦——这是我全部的愿望——我是这样一种恋人——

这是我的爱——她是我的姑娘——不是女人——我的小姑娘——这个小姑娘的纯洁爱情使我勇敢——使我骄傲——不再害怕——不再因纯洁而感到羞耻！……

（他又一次轻吻她的头发，对自己微笑着——随后以一种不合时宜的、欢快的戏谑口气，抚慰地）这绝不可以，尼娜·卡拉·尼娜——绝不，绝不可以，你知道的——我不能允许！

尼娜 （嗓音沉闷，她的啜泣已经渐渐变成叹息——年轻姑娘的叹息）噢，查理，你是多么和蔼，多么令人宽慰，我一直那么想要你！

马斯登 （马上心神不宁）

想要？想要？不是那种想要——她的意思能是？……

（犹疑地问）你一直想要我，尼娜？

尼娜 是的——想要极了！我一直那么想家，我一直想要跑回家，老老实实地坦白，说出我有多么坏，我应当受到惩罚！啊，查理，对我发发慈悲吧，一定让我受到惩罚，那样我才能宽恕自己！现在父亲死了，只剩下你了。你会的，不是吗？——或者告诉我如何惩罚我自己？假如你爱我，你就非得这样做不可！

马斯登 （紧张地思索着）

假如我爱她！……啊，我当然爱她了！……

（急切地）你可以得到你渴望的一切，尼娜——一切！

尼娜 （带着慰藉的微笑，合上眼睛，偎依在他怀里）我知道你会的。亲爱的老查理！（他吃惊地畏缩了一下）怎么了？（她抬头盯着他的脸。）

马斯登 （强作笑容——讽刺地）阵痛——风湿痛——我老了，

尼娜。(怀着狂烈的痛苦思索着)

亲爱的老查理! …… 又一次坠落地狱……

(随后嗓音平淡地)你因为什么想要受到惩罚,尼娜?

尼娜 (抬起头,不是望着他,而是望着天花板,用一种怪异的、心不在焉的口气)因为我扮演了一个傻乎乎的荡妇,查理。因为我把自己冰凉的、纯洁的躯体交付给那些把滚烫的双手、淫迷的目光称作爱情的男人! 呸! (她浑身上下一阵颤抖。)

马斯登 (怀着突如其来的痛苦思索着)

那么她干了! …… 这个小荡妇! ……

(用他那种平淡的语调)你的意思是你 ——(随后恳求地)但不是 —— 达雷尔吧?

尼娜 (完全出于惊奇)内德? 不,我怎么可能? 战争并没有使他残废,那么干是毫无道理的。但我和别的男人干了 —— 噢,四个,或者五个,或者六个,或者七个,查理。我忘记了 —— 没有关系,他们都是一样的。把他们都算作一个,一个无足轻重的鬼魂。我是说,对我来说,如果我的记忆力正确的话,他们对他们自己很重要。但我忘记了。

马斯登 (痛苦地思索着)

但为什么? …… 这个肮脏的小淫妇! …… 为什么? ……

(用他那种平淡的语调)你为什么这么做,尼娜?

尼娜 (悲哀地轻轻一笑)老天知道,查理! 也许当时我知道,可现在我忘记了。一切全乱套了。我渴望与人为善,但奉献是可怖的、艰难的,接受也叫人觉得可怕! 而奉献爱 —— 奉献自我 —— 不是在这个世界上! 而且,让男人们开心是很难的,查理。我仿佛感觉到,戈登靠着一面墙站着,双眼被绷带蒙住，那些男人是行刑队员，他们的眼睛也被绷带蒙住——能够看见的只有我！不，我是瞎得最厉害的一个！我不愿意看见！我知道这件事愚蠢、变态，我比他们所有人都残废得厉害，真的，那场战争把我的心、把我的五脏六腑都炸出来了。我也知道，我在折磨那些备受折磨的男人，他们本来已经敏感得不正常了，他们厌恶我的礼物对他们的残忍愚弄！然而，我继续干下去，从一个人到另一个人，就像一只被驱赶的愚蠢动物，直到不久前的一个夜晚，我梦见戈登带着烈焰从天空中栽下来，他那悲苦的、灼热的双眼望着我，所有我那些可怜的残废男人似乎也都怀着灼热的痛苦从他的眼睛里盯着我，我大叫一声，惊醒了。我自己的眼睛也是灼热的。随即我意识到，我一直是个什么样的傻瓜——一个有罪的傻瓜！所以，发发慈悲，惩罚我吧！

马斯登 （愤愤地、困惑地思索着）

我真希望她没告诉我这些。这太叫我心烦意乱了！我绝对必须马上跑回家，母亲熬夜等着呢。噢，我真愿自己恨透这个小娼妇！那样我就能够惩罚！真盼着她的父亲还活着。"现在父亲死了，只剩下你了，"她说，"我一直想要你。"

（怀着强烈的怨愤）

现在是亲爱的老父亲查理了！——哈！——她就是这么想要我的！

（随后突然以一种就事论事的口气，具有嘲弄意义的是，这口气与她父亲的相似）那么，在这种情况下，在权衡了正反两面因素之后，恕我直言，我应当说，毫无疑问，最理想的途径……

尼娜 （昏昏欲睡地——闭着眼睛）你听起来那么像我父亲，查理。

马斯登 （用与她父亲相似的口气）——是让你嫁给那个年轻的埃文斯。他是个出色的小伙子，纯洁而幼稚，并且具有为自己建功立业的真正素质，如果他找到一个将会激励他全力以赴的伴侣，他潜在的能力就会显现出来。

尼娜 （昏昏欲睡地）萨姆是个好孩子。是的，我将来的职业就是，为他的表面生活提供一种职业。我将会很忙——表面生活——不再有深度，假如运气好的话！可我不爱他，父亲。

马斯登 （无动于衷地——用与她父亲相似的口气）可你喜欢他，尼娜，而他一心一意地爱着你。你到了生儿育女的时候了——你要知道，有了孩子，爱情就会到来。

尼娜 （昏昏欲睡地）我想要孩子。我必须成为母亲，这样我才能奉献自己。我生病生得烦透了。

马斯登 （轻松地）那么一切就这么决定了吧？

尼娜 （昏昏欲睡地）好吧。（几乎快睡着了）谢谢你，父亲。你一直那么和蔼可亲，你对人太宽容了。我一点儿也没感觉到你对我的惩罚，但我绝不会、绝不会再干了，我保证——绝不、绝不！（她睡着了，发出轻柔的鼾声。）

马斯登 （依然用她父亲的口气——非常像个父亲——俯视着）这一天真够她受的，可怜的孩子！我把她送到楼上她的房间去。（他站了起来，尼娜伏在他的臂膀里平静地熟睡着。就在这时，萨姆·埃文斯手中拿着药包从右侧进来了。）

埃文斯 （谦恭地咧嘴笑着）这是……（看到尼娜）啊！（随后焦急地）她晕过去了吗？

马斯登 （慈祥地朝埃文斯笑笑——依然用她父亲的口气）嘘！她睡着了。她哭了一场，过后便睡着了——像个小姑娘。（随后亲切地）但让我们先谈谈你的事，埃文斯，我确信你的希望有充分的理由。

埃文斯 （愣住，眼睛盯着蹭来蹭去的脚和搓来搓去的帽子）谢谢——我——我真的不知道怎么感谢……

马斯登 （朝门口走去——现在用他自己的声音）我得回家了，母亲熬夜等着我呢。我只是要把尼娜送上楼，放到床上，再给她盖点儿东西。

埃文斯 我能帮你一下吗，马斯登先生？

马斯登 （呆滞地）不，我自己都不能帮自己。（看到埃文斯显得困惑而震惊时，他用一种讽刺的、自我嘲弄的和蔼口气补说了一句）从此以后你最好叫我查理。（他走出去时酸楚地朝自己笑着。）

埃文斯 （盯着他的背影望了片刻——随后快活得难以自制，像匹小马驹似的蹦了起来——开心地）好人！好心的老查理！（他好像听到，或者想象到，门厅尽头传来马斯登酸楚的笑声。）

〔幕落〕

第 三 幕

景：七个月或者更晚一些之后——纽约州北部埃文斯家农庄的餐厅——第二年暮春的一个上午，九点左右。

〔这是一间布局失调的大餐厅，这种房间在那些星罗棋布于乡间的迷宫般的大农舍里很常见，而这些农舍则是八十年代乡下人偏爱奢华排场的结果。一盏笨重的吊灯悬挂在链子上，径直地正对准一张丑陋的餐桌，与餐桌配套的几把靠背椅间隔沿墙摆放着。墙纸是一种令人厌恶的褐色，在天花板线附近已经渗出点点潮湿的霉斑，在接缝处也已经零零落落地开始剥落。地上铺着脏兮兮的褐色地毯，上面暗红色的图案已经模糊不清。左边墙上有一扇悬挂着浆硬白帷帘的窗户，窗外是一道侧游廊，由于游廊是有顶的，阳光从未照进这个房间，尽管游廊外的花园里日光明媚而温暖，从窗外射入的光线却是暗淡而凄冷的。后面偏左有一道门，门外的门厅开向那同一条游廊。门的右侧有一张不配套的笨重餐具桌,上面摆着一些廉价瓷器和玻璃器皿。右墙上有一道通向厨房的门。尼娜坐在餐桌的下首,背朝着窗户,正写着一封信。她的个性似乎整个地改变了,脸上浮现出满足的表情,举手投足之间透出内心的平静。她的外表也发生了变化,脸庞与体形都丰满起来,比以往更加俊俏,却不那么引人注目、与众不同了;除了一双丝毫没有变化的神秘莫测的眼睛外,原先她脸上那种奇异的魅力已经荡然无存了。

尼娜 (自言自语地读着刚刚写下的内容)

这是幢古怪的房子,内德。我敢肯定,它的灵魂有点儿不对劲,所以,你绝对会喜欢它的。这是幢丑陋无比的老宅子,就像一块装饰着橙色点缀和许许多多闪光棒的褪了色的姜饼①。在它的周围是大片大片鲜花盛开的苹果树,白色的,淡粉的,美极了,就像挽着春天新郎的臂膀步出教堂的新娘。

内德,这使我意识到,我和萨姆结婚已经六个月了,自婚礼以后,我们就再没见过你的身影。你觉得你这么做合适吗?至少你可以给我写一行字吧。不过,我只是开个玩笑。我知道,现在你终于得到了你渴望已久的从事研究的机会,你肯定忙极了。你收到我们在报上读到你的任命之后联名写给你的贺信了吗?

还是回到这幢房子上吧。我的感觉是,它失去了自己的灵魂,已经甘于没有灵魂的生活。这儿根本不闹鬼 —— 拥有正常生

---

① 英语中用姜饼形容装潢俗艳的东西。

活的房子应当有某种鬼魂——你瞧，就像我们的心灵。所以，尽管昨晚我们刚到这儿时我对自己说"这儿显然闹鬼"，可在这儿住过一夜之后我明白了，不管这儿曾存在过什么鬼怪，它们很久以前就已经顺着草丛飘然而去，化作苹果树间的一缕缕轻烟，甚至没有懊悔地或者留恋地回眸瞥上一眼。萨姆竟然在这儿出生，在这儿度过童年，这真无法想象。叫我高兴的是，他没有表现出来。昨晚我们是在他出生的那间房里睡的觉，或者更确切地说，他睡觉了，我没能睡着。我清醒地躺着，觉得呼吸很困难，仿佛空气中的所有活力为了让垂死者再苟延残喘片刻早已消耗殆尽。很难想象曾经有人在这儿出生能活下来。我知道，你会生气地说："她依然处于病态之中。"但我不是那样。我从没像现在这样正常。我感到满足而平静。

（从信上抬起眼来，窘迫地思索着）

我应当告诉他吗？不，我自己的秘密，不告诉任何人，甚至不告诉萨姆。为什么我不曾告诉萨姆？那将对他大有好处。他会为此而非常自豪。可怜的、亲爱的。不，我只想把它当作我一个人的宝宝——只是我的——只要我能够，在我去纽约之前还有足够的时间让内德知道……他会推荐一个好的产科医生的……当他听到这个消息时会是多么开心呀！他总是说那对我将是最有益处的事情。是的，想到这一点我的确觉得很快活。现在我爱萨姆——在某种程度上——那也是他的宝宝……

（随后发出一声快活的叹息，又低下头读信）

然而，谈到萨姆的出生，你哪天真的应当见见他的母亲。令人惊奇的是，她与他的相像之处甚少。根据我昨夜对她的那点印象，这是个奇特的女人。自从她得知我们结婚之后，她每周一次定期给萨姆写信，非常急切地邀请我们前来拜访她。其实，这种邀请更像命令，或者恳求。在我看来，她独自待在这幢大房子里感到孤独得可怕。我搞不懂萨姆对她的感情。我想，在她那些信寄来之前他从没提到过她，或者，假如不是我坚持，他是不会来看望这可怜的女人的。他的态度使我相当震惊，就好像他已经忘记了他还有个母亲。可是，他与她一见面却又亲热得不得了。看到查理和我们在一起，她母亲似乎很是心烦意乱，直到我们解释说，多亏查理好心好意借我们汽车用，我们才得以开始这延期的蜜月。查理对待他的汽车活像一个大惊小怪的老妇人，他不敢让萨姆或者我开车……

马斯登 （从后面进来。他的衣着讲究、整洁无比，脸色略显疲倦、无奈，但仍和蔼地微笑着。他手里拿着一封信）早晨好。（她吃惊地跳起来，不由自主地用手捂住信。）

尼娜 早晨好。（开心地思索着）

假如他知道我刚刚写下了什么——可怜的老查理！……

（随后指指他拿着的信）看来你也是个早早起床的写信人。

马斯登 （怀着突如其来的妒疑）

为什么她那样捂住信？——她在给谁写信？……

（朝她走过去）只不过是给母亲写了一行字，让她知道我们并没有被杀人不眨眼的强盗全部杀光。你知道她是多么担心。

尼娜 （怀着一丝怜悯与轻蔑思索着）

依然系在妈妈的围裙上，他对母亲的忠诚倒是很叫人感动，要是我的宝宝是个男孩，但愿他也会这么爱我。啊，但愿是个男孩——健康、强壮、英俊——就像戈登！……

（随后突然觉察到马斯登的好奇心——敷衍地）我在给内德·达雷尔写信，这封信我欠他很久很久了。（她折起信放到一边。）

马斯登 （闷闷不乐地思索着）

我还以为她已经把他忘了呢——不过我想只不过是友情——这与我毫不相干，现在她已经结婚了。

（敷衍地）你睡得怎么样？

尼娜 根本没合眼。我有一种很怪异的感觉。

马斯登 我想这是因为在一张陌生的床上睡觉吧。（打趣地）你见到什么鬼魂了吗？

尼娜 （凄惨地一笑）不，我的感觉是，所有的鬼魂都早已逃离这幢房子，连个影子也没留下——就像死人常常撇下活人那样——（她勉强笑了笑）假如你明白我的意思。

马斯登 （焦虑地思索着）

悄然回复到那病态的语调——这么久以来的第一次……

（戏谑地）喂！我是不是听到墓地在睡梦中打起呵欠——可我也注意到，外面的早晨美极了，鲜花盛开，绿树成荫，而你呢，假如我没弄错的话，正处在蜜月之中！

尼娜 （随即欢快地模仿道）啊，好极了，老东西！"上帝在他的天堂里，这世界一切正常！"怪丫头的坏脾气一扫而光！（她蹦蹦跳跳地朝他迎上去。）

马斯登 （颇具骑士风度地）怪丫头今天早上真是个好宝贝！

尼娜 （匆匆吻了吻他）为此你应该得到这一吻！我的全部意思就是，那些鬼魂使我想起男人谈起女人时说的俏皮话，你不能和她们生活在一起，可没有她们你又活不下去。（一动不动地站着，戏谑地望着他）但是，你站在这儿，你所吸入的每一口空气都证明我说了假话！你没有魂灵，没有女人——像一只小海豹那样油光闪亮、心满意足！（她朝他伸出舌头，做出一副傲蔑一切的神情）呸！这是给你的，怕猫的查理，懒惰的单身汉！（她朝厨房门跑去）我要去再煮点儿咖啡！你要吗？

马斯登 （强作笑容）不，谢谢你。（她消失在厨房里——他酸楚地思索着）

没有魂灵！假如她知道——那种开玩笑的口气掩盖了她发自内心的蔑视！……

（自我嘲弄地）

"但是，当姑娘们开始游戏时，怕猫的查理逃跑了！"

（随后振作起来）

胡说！我一直没有这种想法——自他们结婚以来一直没有——快活，在她的快活之中——可她快活吗？最初的几个月中，她显然在扮演一个角色——给他太多的吻——似乎决心让自己做一个温情脉脉的妻子。后来她突然变得心满意足，她的脸庞丰满起来，她的眼睛懒懒地审视着安宁，怀孕，是的，她肯定怀孕了——我希望如此——为什么？为了她的缘故，也为了我的缘故。等她有了孩子，我知道我会整个地接受——忘记我已经失去她——失去她？傻瓜！你怎么可能失去你从没占有过的呢？除了在梦中！……

（恼怒地摇摇头）

一圈又一圈——思绪——可恶的害人精！灵魂的蛀虫——嗡嗡叫着，叮咬着，吸吮着鲜血。为什么我要邀请尼娜和萨姆做这次旅行——这是我的一次公务旅行，真的，我的下一部小说需要一个新的背景。"马斯登先生有一点背离了他熟悉的领域。"唉,他们被困在教授的房子里,支付不起度假的费用,从没度过蜜月。每天夜里我都装作精疲力竭的样子,以便他们能够——一吃完晚饭我就上床,以便他们能够单独在一起,并且——我很想知道她能不能真心喜欢他——以那种方式?

(从花园里面传来埃文斯和他母亲的声音。马斯登走过去,谨慎地朝外窥视着)

萨姆和他的母亲——奇特的女人——强壮——很适合做小说中的人物。不,她太忧郁了,她的眼睛是最悲哀的,而且,同时也是最坚强的。他们进来了。我要开车到乡间兜一会儿风,给他们一个开家庭会议的机会,讨论尼娜的身孕,我想是这样。萨姆知道吗?他没流露出任何迹象。为什么妻子要把这种事瞒着丈夫呢?自古就有的羞耻心,因为延续生命、因为把新的痛苦带给这个世界而感到愧疚——

(他从后面走了出去。可以听到门厅外面的门被推开,显然,马斯登正要出门时遇上了埃文斯和他的母亲。可以听到他们的声音和他解释的声音,随后是马斯登出门时外面的门打开又关上的声音。片刻之后,埃文斯和他母亲走进餐厅。萨姆表现出一种怯生生的快活,仿佛他不敢确认自己的好运气,不得不时时告诉自己放宽心,然而,他又正处在幸运的峰巅,周身焕发着爱情、忠诚和孩子气的仰慕。现在的他看上去是一个魅力十足、精力充沛的小伙子。他身着运动衫和亚麻灯笼裤,完全像一个大学生。他的母亲是一个身材瘦弱的小妇人,裹在铁灰色头发之中的脑袋和脸庞相对于她的身躯似乎太大了,因而乍一看上去令人觉得她活像一个妙手制作的真人般大小的布娃娃。她只有四十五岁左右,看上去却像是至少六十岁了。她那张生着纤细五官的脸庞肯定曾经拥有一种浪漫的、娇柔的、小鸟依人的美,但她所经历的一切已经把那些毫无防范的曲线挤压成平面,把嘴唇挤压成环绕着紧紧锁闭的门扇的细细线条,柔和的下巴也因为长久地紧贴在咬紧的牙关上而咄咄逼人地向外突出着。她苍白极了,又大又黑的眼睛十分严厉,流露出灵魂被禁锢在高墙之中的囚犯的痛苦,然而,一种温柔的、深情的慈爱——往昔对善良人生的信念与信任的幽灵——像个少女似的在她的嘴角时隐时现,把她眼睛严厉的阴影化作柔柔的幽怨。她的嗓音令人惊异地跳跃变换,从情意绵绵一下子变成生硬的武断,仿佛她那些话仅仅是由一个声音独自发出来的,而并非是由人的情感激发出来的。)

埃文斯　（在他们进来时——以男孩子在母亲面前表现男子气概的自负而夸耀的口气嚷嚷着,确信这番溢美之词能够打动人心）几年之后,你就不必再为那些该死的苹果树的产量操这样那样的心了。到那时,我将有能力来照顾你。等着瞧吧！当然,眼下我挣得不多,我也不指望挣很多,我只不过刚刚起步。但是,我现在干得很好,很好,很好——自我结婚之后——这只是个时间问题,到那时——嗨,告诉你吧,科尔——他是经理,是个最最好的家伙——把我叫进他的办公室,告诉我他一直在观察我,我的素质正是他们所需要的,他认为我具备一个真正成功者的潜能。（自豪地）怎么样？他的话肯定很有道理,不是吗？

埃文斯太太　（含糊地——显然,他的话她并没有听进去多少）这很好,萨米①。（忧心忡忡地思索着）

---

① 萨姆的昵称。

我真希望我是错的！然而，从她迈进门那一刻，先前那种令人战栗的恐惧便攫住了我！——我觉得她没有告诉萨米，但我必须弄清楚！

埃文斯 （此刻注意到她的沉思——受到深深的伤害——恼火地）我敢打赌，我的话你一个字也没听见！你仍在想着那些该死的老苹果树长得怎么样了吗？

埃文斯太太 （浑身一震，感到内疚——抗议地）不，我的确听到你的话了，萨米——听到了每一个字！我刚才正在想着这个——你干得那样出色，我多么为你骄傲啊！

埃文斯 （平静下来，但依然抱怨地）从你那忧郁的表情上谁也猜不出你的心思！（但又感到鼓舞，继续讲下去）科尔问我是否结婚了——似乎他本人对此非常感兴趣——他说他得知我结婚了很高兴，因为婚姻会赋予一个人恰当的雄心——无私的雄心——不仅仅为自己，还为他的妻子工作——（随后窘迫地）他甚至问我，我们是不是正等待着这个家增添新成员。

埃文斯太太 （看到这是自己的机会——迅速地——强作笑容）这件事我一直想问你呢，萨米。（忧心忡忡地冲口说出）她——尼娜——她不是要生孩子了吧？

埃文斯 （带着一种难以描绘的内疚神情——仿佛不愿承认）我——哦——你的意思是，她现在就要生了？我不这么认为，母亲。（他以一种过于漫不经心的神态吹着口哨，踱到窗前，往外望去。）

埃文斯太太 （怀着冷漠的宽慰思索着）
他不知道——无论如何，这还是很令人欣慰的……

埃文斯 （怀着强烈的渴望思索着）
要是那样该有多好！很快！尼娜已经开始爱我了——一点

点 —— 最近两个月里我已经感觉到了 —— 上帝呀，这真令我快活！在那之前她不爱我 —— 只是喜欢我 —— 我也只要求那么多 —— 从来不敢企盼她会爱我 —— 即使一点点 —— 那么快，有时我觉得这太好了，简直不可能是真的 —— 我不配 —— 现在 —— 要是那样 —— 我就会感到自信 —— 有个孩子 —— 一半是我，一半是尼娜 —— 活生生的证明！

（随后语气中渐渐带着一丝忧虑）

我知道她多么想要孩子 —— 这是她嫁给我的一个原因 —— 我知道她一直是那么感觉的，那样她才会爱我 —— 真的爱我……

（忧郁地）

我不知道为什么 —— 在这之前就应该有的 —— 但愿没什么不对劲的 —— 对我没什么！……

（他浑身一震，甩开自己的思绪 —— 随后突然抓住这个时机，满怀希望地转向母亲）你为什么问我这个，母亲？你认为 ——

埃文斯太太 （急促地）不，真的！我没认为她要生孩子！我绝不会那么说的！

埃文斯 （沮丧地）哦 —— 我想也许 ——（随后改换话题）我想我应当上楼去向贝西姑妈问好。

埃文斯太太 （她的脸色变得充满戒备 —— 语调生硬，带着一点点恳求）我是不会去的，萨米。从你八岁起她就没见过你，她不会认得你了。而且，你正在度蜜月，对年轻人来说，暮年总是悲伤的。趁你还能够，快快活活吧！（随后把他朝门口推去）听着！去找你那个朋友，他正把他的汽车开出来，你和他一起开车到镇上去吧，给我一个了解我儿媳的机会，我要让她讲讲她是怎样照顾你的！（她不自然地笑了笑。）

埃文斯 （激动地叫起来）比我应得的要好得多！她是个天使，母亲！我知道你会爱上她的！

埃文斯太太 （温柔地）我已经爱上她了，萨米！她是那么俊俏，那么讨人喜欢！

埃文斯 （吻她——高兴地）我要把这告诉她。我从这边出去，去向她吻别。（他从厨房门跑了出去。）

埃文斯太太 （望着他的背影——激情洋溢地）

他爱她！他很快活！这是最重要的！快活！

（忧心忡忡地思索着）

但愿她不打算生孩子——但愿她对生孩子不那么在乎——我必须去跟她把这事讲明白——必须去！没别的办法——为了慈悲——为了公正——我儿子的这件事必须有个了结——他必须快快活活地过日子！

（听到厨房传来脚步声，她僵硬地绷直了坐在椅子上的身体。）

尼娜 （手中端着一杯咖啡，快活地微笑着从厨房进来）早上好——（她犹豫着——随后羞怯地）母亲。（她走过来吻了吻她——滑坐到她身旁的地板上。）

埃文斯太太 （慌乱地——急促地）早上好！这天气真是好极了，不是吗？我本来应当来这儿为你准备早餐，可我和萨米出去到周围转了转。希望你找到了你所需要的一切。

尼娜 当然，我都找到了！而且我吃了那么多，都觉得害臊！（她朝那杯咖啡点点头，笑了笑）瞧，我还没用完早餐呢。

埃文斯太太 这对你有好处！

尼娜 很抱歉，我下楼这么晚，萨姆应当叫我起来的，可不知怎么的，我一直到天快亮都没有睡着。

埃文斯太太 （怪异地）你睡不着？为什么？你觉得有什么蹊跷之处吗 —— 这幢房子？

尼娜 （对她的语调感到震惊 —— 抬眼望着她）没有啊。为什么？（思索着）

她的表情变化那么大！……多么悲哀的眼睛！……

埃文斯太太 （怀着忧心忡忡的痛苦思索着）

必须开口告诉她 —— 必须……

尼娜 （现在她也忧心忡忡）

那种令人毛骨悚然的死亡感觉 —— 当某种事情将要发生时 —— 我收到有关戈登的那封电报之前就有这种感觉……
（随后呷了一口咖啡，努力装出愉快、漫不经心的样子）萨姆说，你想和我谈谈。

埃文斯太太 （呆滞地）不错。你爱我的儿子，不对吗？

尼娜 （吃了一惊 —— 旋即强作笑容）噢，当然喽！（给自己鼓劲）不，这不是说谎 —— 我的确爱他 —— 爱我孩子的父亲……

埃文斯太太 （脱口而出）你要生孩子了吗，尼娜？

尼娜 （握紧埃文斯太太的手 —— 直截了当地）是的，母亲。

埃文斯太太 （用她那种生硬而平淡的语气 —— 说话单调而急促）你不认为太早了吗？你不认为你应当等到萨米能够挣更多钱的时候吗？你不认为这个孩子对他、对你都是个拖累吗？为什么你们不能就这么一起快快活活的，就你们两个？

尼娜 （惊恐地思索着）

她这些话背后是什么意思？又是那种死亡的感觉！……
（从她身边挪开 —— 感到厌恶）不，我不像你说的那么认为，埃文斯太太。我想要个孩子——最想要的就是孩子！我们俩都想要！

埃文斯太太　　（无奈地）我知道。（随后严厉地）但你不能要！你必须得做出决定，你不能！（恶狠狠地思索着——甚至带着几分满足）

告诉她！让她尝尝我被迫尝过的痛苦！我一直太孤零零了！

尼娜　　（怀着可怕的预感思索着）

我知道这个——真是晴天霹雳——眼前一片漆黑！……

（一跃而起，迷惑不解地）你是什么意思？你怎么能说出这样的话呢？

埃文斯太太　　（温柔地伸出手，想抚摸尼娜）这是因为我希望萨米——还有你，孩子——过得快活。（随后，当尼娜从她手下退缩时——用她那种生硬的语调）你就是不能。

尼娜　　（不服气地）但我能！我已经有了！我的意思是——我怀孕了，你难道没听明白我的话吗？

埃文斯太太　　（温柔地）我知道这很难。（随后无情地）但你不能生下这个孩子！

尼娜　　（凶暴地）我不能相信你知道自己在说什么！你太可怕了——萨姆的生身母亲——当你怀着萨姆时——假如有人对你这么说——你会是一种什么感觉？……

埃文斯太太　　（恶狠狠地思索着）

我的机会来了！……

（语气平淡地）他们确实这么说了！萨姆的生身父亲——我的丈夫这么说的！我也对自己这么说的！为了不生下孩子，我做了自己所能做的一切，我丈夫所能想到的一切——但我们

077

知道的不够多。就在那时，阵痛开始了。我祈祷，萨米的父亲也祈祷，盼着萨米生下来就是死的，可萨米生下来时健健康康，满面微笑，我们就只好去爱他，去生活在恐惧之中。萨米使我们备受这种恐惧的折磨，而这也是你必定会遭受的。萨米将走上他父亲的路，至于孩子，你将使他遭受磨难。（有点恶狠狠地）我告诉你，这是罪孽——甚于谋杀的罪孽！（随后控制住自己——怜悯地）所以，你就是不能生下孩子，尼娜！

尼娜　　（一直心烦意乱地听着——思索着）

不要听她的！死亡的感觉！……这是什么？……她企图杀死我的婴儿！啊……我恨她……

（满怀歇斯底里的怨恨）你是什么意思？你为什么不直截了当地说？（凶暴地）我觉得你太可怕了！居然祈盼你的孩子生下来就是死的！你说谎！你不可能那样！

埃文斯太太　　（思索着）

我知道她现在在想什么——就像我当年一样——竭力不相信……

（恶狠狠地）

但我要让她相信！她也必须尝尽苦头！……我一直太孤零零了！……她必须和我分担，帮我拯救我的萨米！

（以一种更为生硬、更为冷酷、更为呆板的平淡语气）我认为我很直截了当，但我会更直截了当的！只是你要记住，这是家族秘密，而你现在是这个家族的一员。埃文斯家世代遭受诅咒。我丈夫的母亲——她是家中唯一的孩子——死在疯人院里，此前她的父亲也是如此。我知道得清清楚楚。而我丈夫的妹妹，就是萨米的姑妈，精神也不正常。她住在这幢房子的顶层，已经许多年没走出她的房间了。是我一直在照料她。她就那么坐着，一个字也不说。可她很快活，她常常对自己大笑，这世界上没有任何要她操心的事。然而，我记得，她精神正常时一直不快活，她从没结过婚，虽然埃文斯家在这一带很富有，但周围大多数人都怕这家人。他们都清楚，埃文斯家的疯狂要上溯到，我想，要上溯到多少代之前。我是在嫁给我丈夫之后才知道埃文斯家的事的。他来到我居住的镇子，那儿没有人知道埃文斯家的事，直到我们结婚之后他才告诉我，他请求我宽恕他，他说他太爱我了，失去我他会发疯的，说我是他得到拯救的唯一希望。于是，我宽恕了他，我非常非常爱他。我对自己说，我将成为他的救星——也许我能够成为，假如我们没有生下萨米的话。直到那时，我丈夫的情况一直好极了。我们发誓永远不要孩子。整整两年，我们一直没有忘记要当心，后来有一天夜晚我们俩一同去参加一个舞会，我们都喝了一点五味酒，正好足以——使我们忘记——在月光下开车回家——那月光——在大事情之后的那种那么小的事情！

尼娜 （发出沉闷的呻吟）我不会相信你的！我不会相信你的！

埃文斯太太 （语气单调地往下说）我的丈夫，萨米的父亲，尽管他和我奋力抵抗那诅咒，最终还是屈服了，那时萨米只有八岁，因为担心萨米，他再也不能支撑着生活下去了。每回萨米生病，或者头疼，或者碰了头，或者哭泣，或者做噩梦尖叫，或者说了什么孩子自然而然会说的古怪话，他都担心那诅咒随时会落到萨米头上。（有点刺耳地）像他那样生活在恐惧之中是一种可怕的折磨！我知道的！我在他身边经历了这一切！

这也几乎把我逼疯了——但我的血液里没有那种东西！而这就是为什么我把这些告诉你的！你必须明白，你不能生孩子，尼娜！

尼娜 （突然发作——狂暴地）我不相信你！如果萨姆知道，他怎么会娶我，我不相信！

埃文斯太太 （厉声地）谁说萨米知道？这事他一点也不知道！我毕生都在努力防止他知道。当他的父亲坚持不住、陷入疯狂时，我当即把萨米送入寄宿学校。我告诉他，他的父亲病了，过了一段时间，我捎信给他，说他的父亲死了。从那时起，直到萨米大学二年级时他父亲真的死了，我冬天把他留在学校，夏天送他去夏令营，都是我去看他，从不让他回家。（叹了口气）放弃萨米，这是很难的，明知我是在使他忘记他有个母亲。叫我高兴的是，当时我忙于照料那两个病人，没有多少时间想这个。但是，尼娜，下面是我自那之后逐渐认识到的：我敢肯定，假如我没生下萨米，有我的爱的帮助，我的丈夫会保持心智正常的。而假如我没生萨米，我就绝不会爱萨米——或者想念他，是不是？——而我就会保住自己的丈夫。

尼娜 （没去理会这最后一句话——以激烈的嘲讽口气）我原以为萨姆是那么正常呢——那么健康、那么理智——不像我！我原以为他会给予我健康的、快活的孩子，有了他们，我就会忘掉自己，学会爱他！

埃文斯太太 （大吃一惊，跳起来）学会？你告诉过我，你爱萨米！

尼娜 不！也许我几乎是——近来——但只是当我想起他的

孩子时！现在我恨他！（她歇斯底里地哭泣起来。埃文斯太太走到她跟前，伸出双臂搂住她。尼娜哭喊道）别碰我！我也恨你！为什么你不告诉他，他绝对、永远不能结婚！

埃文斯太太 要是不把这一切告诉他，我还能说出什么理由？而且，在你们结婚之前，我从没听说过你。后来我曾想写信给你，但又怕他读到信。我又不能把他姑妈撇在楼上，离开家去见你。我一直在给萨米写信，叫他赶快带你来这儿，尽管叫他来这儿吓得我要死，因为我怕他会怀疑有什么蹊跷。你必须马上把他从这儿带走，尼娜！我一直盼着你不愿意马上要孩子——现在的年轻人都不想要——在我见到你，告诉你这一切之前。我原以为你像我爱他的父亲那样爱他，宁愿只和他一个人生活。

尼娜 （抬起头——狂野地）不！我不爱！我不愿意！我要离开他！

埃文斯太太 （摇晃着她，恶狠狠地）你不能！要是那样，他肯定会发疯的！你将成为魔鬼！难道你看不出他多么爱你吗？

尼娜 （从她的臂膀里挣脱开——粗暴地）噢，我不爱他！我嫁给他只是因他需要我——而我需要孩子！可现在你告诉我，我必须杀了我的——哦，是的，我明白我必须这样，你不必再争辩了！我太爱这个孩子，不会让它冒这个风险的！现在，我也恨它，因为它是病态的，不是我的孩子，是他的孩子！（怀着可怕的、具有讽刺意味的怨愤）现在你还敢告诉我甚至不能离开萨姆吗？

埃文斯太太 （极其悲哀、酸楚地）你刚才说，你嫁给他是因为他需要你。难道现在他不需要你——比以前更需要你吗？但假如你不爱他的话,我不能叫你别离开他。不过,你不应当在不爱他的时候嫁给他。不管即将发生什么样的事情,那将是你的错。

尼娜 （苦恼地）即将发生什么样的事情？——你是什么意思？——萨姆将一切正常——就像他以前一样——无论如何,不是我的错！——不是我的错！（随后良心不安地思索着）可怜的萨姆,她是对的。不是他的错,是我的错,是我要利用他拯救自己,我又一次扮演了懦夫,就像我对待戈登一样——

埃文斯太太 （严厉地）要是你离开他会发生什么事,你是明白的——而且是在我把这一切都告诉你之后！（随后突然热切地恳求道）噢,我要跪下来求你了,别让我的儿子冒那个险！你必须给埃文斯家的人,埃文斯家的最后一个人,一次生活在这个世界上的机会！如果你为了他做出足够的牺牲,你将学会爱他！（随后严厉地一笑）喏,我甚至爱上了楼上那个白痴,我已经照料她那么多年了,人们可以说,这是用我的生命为她过她的日子。把你的生命献给萨米,你就会像爱你自己那样爱他的。你非得这么做不可！这是确凿无疑的！（她轻轻发出一声怪笑,笑声中充满了苦中取乐的意味。）

尼娜 （以一种愚钝而呆滞的惊奇）而你找到安宁了吗?

埃文斯太太 （讥讽地）他们说,安宁在伊甸园的绿色田野里！你死了之后才能找到！（骄傲地）但我可以说,我感到骄傲,因为我在生活中对那些爱我、信任我的人是公正的！

尼娜 （受到震动——困惑地）是的——那是真的,不是吗？（怪异地思索着）

在生活中公正、骄傲、信任、做人要守信誉！谁在对我说话——是戈登！哦，戈登，你的意思是我必须把我没有献给你的生命献给萨姆？萨姆也爱你，他说，如果我们生个男孩，为了纪念戈登，我们将给他取名戈登——为了纪念戈登！现在，为了纪念你，戈登，我必须做什么？是的！我知道！

（嗓音沉闷而呆板地讲话）好吧，母亲。我会和萨姆待在一起的。我不可能有别的选择，因为这不是他的错，可怜的小伙子！（随后声音突然尖厉起来，发出绝望的呼喊）可我将那么孤零零的！我将失去我的孩子！（她跪坐到埃文斯太太脚边——可怜地）哦，母亲，我怎么能活得下去呢？

埃文斯太太 （痛苦地思索着）

现在她知道我的痛苦了——现在我必须帮助她——她有生孩子的权利——另一个孩子——将来某个时候——通过某种方式——为了拯救我的萨米她献出了她的人生。我必须拯救她！

（结结巴巴地）也许能，尼娜——

尼娜 （此时再次沉闷而怨恨地）萨姆怎么办？你希望他快活，不是吗？我应当生个孩子，这对他来说和对我一样重要！假如你了解他一点点的话，你就应当明白这个！

埃文斯太太 （悲哀地）我知道这个，我在他身上看出来了，尼娜。（试探地）一定得有个办法——通过某种方式。记得我怀着萨米时，有时我忘记了自己是个妻子，只记得自己身体里的孩子。那时我常常幻想；在我们婚后的第一年，我瞒着丈夫走出去，从从容容地选择一个男人，一个健康的男人，跟他交配，就像牲口那样，这样就能使我爱的那个男人有个健康的孩子。只要我不爱那另一个男人，而他也不爱我，那能有什么害处呢？在那种时刻，上帝会对我轻声耳语："那是罪孽，通奸，最糟糕的罪孽！"可是，上帝离去之后，我会再次对自己争辩说，那样我们就会有健康的孩子，我就不必担惊受怕了！也许，我的丈夫若是从来不知道他实际感受到的一切，他就会以为我并没有担惊受怕，以为孩子并没有遭受诅咒，因而他也不必担忧，而我就能够拯救他。（随即鄙视地）然而，那时我太惧怕上帝了，不敢真的那么做！（随后非常率直地）我可怜的丈夫，他那么爱孩子，孩子们喜欢他喜欢到那种程度，你从来都没见过。他是个天生的父亲，萨米也一样。

尼娜 （仿佛从远处——怪异地）是的，萨米也一样。但我和你不一样。（倨傲地）我不信上帝父亲！

埃文斯太太 （怪异地）那么这对你会是很容易的。（狞笑）我也不信上帝，不再信了。我曾是个虔诚的信徒，整天想着什么是上帝，什么是魔鬼，可住在这些穷人中间，看到他们没有犯下任何罪孽却要遭受惩罚，而我自己也没犯下任何罪孽，却因为爱得深切而和他们一起遭受惩罚，我已经彻底抛弃那种信仰了。（果断地）快快活活的吧，这是我们所能够认识到的最正确的方式！快快活活，这就是对的！其余都是空谈！（她停了停——随后以一种怪异而苦涩的严厉口吻）我爱我的儿子萨米。我看得出来，他多么希望你有个孩子。萨米必须确信你爱他——才能过得快活。不论你做什么，只要能使他快活，就是对的——是对的，尼娜！我不在乎你做什么！你必须生下个健康的孩子——在某个时候——那样你们两个都会快活的！这是你义不容辞的责任！

尼娜 （困惑地——近乎耳语）是的，母亲。（向往地思索着）我要快活！——是我的权利——我的责任！……

（随后突然因愧疚而感到痛苦）

啊，我的宝宝——我可怜的宝宝——我忘记你了——盼着你死后的那另一个！我感到你在敲打着我的心扉，求我发发慈悲。啊！……

（她满怀怨愤与痛苦哭泣着。）

埃文斯太太 （温柔地，怀着深切的同情）我明白你在忍受什么样的痛苦。只是因为我知道我们俩绝不会再见面了，我才说出刚才那一番话，我不会再说了。你和萨米必须忘掉我。（当尼娜做了一个表示反对的手势时——严厉而无动于衷地）噢，是的，你会的——很容易。人会忘却一切的。他们必须这样，可怜的人！我指的是我刚才说的有关一个健康孩子的那番话，当你需要时，你会记起它的，在你忘掉了——这一个之后。

尼娜 （可怜地啜泣着）不要说了！求求你，母亲！

埃文斯太太 （怀着突如其来的柔情——拉起尼娜，把她搂到怀里，断断续续地）你这可怜的孩子！你就像我的悲哀生出来的女儿！现在你跟我比萨米还亲近！我要让你快活！（她也开始啜泣，吻着尼娜低垂的头。）

〔幕落〕

第　四　幕

景：大约七个月之后，同一年的初冬，一天晚上。又是教授的书房。书橱里的书从来没有人碰过，它们一本紧贴一本整整齐齐地排列成行，但将它们与世界分隔开的玻璃上却是灰蒙蒙一层尘土，像是模模糊糊的鬼影。那张桌子尽管还是原来的，却不再是教授的桌子，与房间里的其他家具一样，桌子上面摆得乱七八糟，表明教授理性十足的头脑已经不能再按照自己的个性布置它了。这张桌子变得神经质。一卷卷《大不列颠百科全书》和正流行的有关成功头脑训练方法的小册子等混杂在一起，这些小册子乱糟糟地你压我我压它，在古典原著的背景衬托下，显得异乎寻常地时髦、令人心烦。这些书横七竖八朝着各个方向，没有一本摆放得和它下面的一本有联系——结果给人的印象是它们之间没有任何相关意义。桌子的其余部分凌乱摆放着墨水瓶、钢笔、铅笔、橡皮、一箱打字纸，安乐椅前面的桌子中央是一台打字机，安乐椅被朝后推去，把炉边地毯拖得歪歪斜斜。桌子旁边的地上有一只塞得满满的废纸篓、一些纸片和看上去像座倒塌了的帐篷似的打字机橡胶罩。摇椅不再摆在房间中央,而是被拖到桌子的近处,正面对着桌子,背朝长凳。长凳也被拖到桌子附近,不过摆放得更朝后,侧向前方,成直角背对着角落里的那扇门。

〔埃文斯坐在教授的旧安乐椅上。显然,他刚才一直在打字,或者正准备打字,因为在打字机上可以看到一张纸。他抽着一支烟斗,不管是否需要,总是一次次给它点上火。他把烟斗咬在嘴里,来回换着位置,一会儿塞进去,一会儿抽出来,神经质地抽着烟。他神情沮丧,眼神散乱,双肩软绵绵地耷拉着。他似乎瘦多了,面颊干瘪、焦黄。那身学生装已不再整齐干净,应该熨一熨了,穿在他身上也显得太大。

埃文斯 (转向打字机,怀着一种毫无目标的绝望敲了几个字——随后发出一声饱含憎恶的叫喊,把纸从机器上扯下来,揉成一团,狠狠地扔到地上,把椅子往后一推,跳了起来)见鬼!(他开始在房间里来回踱着步,抽着烟斗,苦恼地思索着)

没有用——一点点都想不出来——唉,不管怎样,谁能为另一种奶粉拟出个新奇的广告来?所有的素材都已经用尽了——鞑靼人靠脱水的马奶粉征服世界——梅奇尼可夫[1],卓越的科学家——被累死——但怎么也得写出点什么,或者——科尔说——你近来到底怎么了?——你一开头干得那么好——我原以为你将成为真正的成功者,但你的工作一

---

[1] 梅奇尼可夫(1845—1916),俄国生物学家,一九〇八年与德国医学家埃尔利希共同获得诺贝尔生物学与医学奖。

落千丈……

(他坐到不远处凳子的边上,耸起双肩——沮丧地)

不能否认——自从我们那次探家回来之后,我的文思便枯竭了——没有思想了。我将被解雇衰竭……

(怀着由愧疚生出的惊骇)

我想,在不止一个方面!……

(他跳起来,仿佛这个想法犹如钢针一般刺伤了他——给他那已经点燃的烟斗点上火,又开始来回踱步,强迫自己把思绪转向别的方面)

我敢打赌,我在老头子的书房里设计广告,惹得他在坟墓里翻来覆去不得安生——也许这就是为什么我不能——低劣影响,明天在我的卧室里试试——单独睡觉——因为尼娜病了——女人的某种病——不愿意告诉我,太害羞了。话说回来,有些事情丈夫是有权知道的——特别是当我们没有——已经五个月了——她说,医生告诉她她一定不能——什么医生?她从没提起——你这到底是怎么了,你怀疑尼娜说谎吗?不——但是……

(绝望地)

我只求能够肯定,这是因为她真的病了——并不仅仅是因为她讨厌我!

(他沮丧地跌坐在摇椅上)

她身上肯定发生了很大的变化,自从那次探家之后。在母亲和她之间发生了什么?她什么都没说。她们似乎彼此很喜欢——我们离开时她们俩都哭了——可是,尼娜坚持当天就走,母亲似乎急着摆脱我们。我弄不明白。接下来的几个星期里,尼娜爱我简直爱不够。我从没那么快活过,后来她

病倒了 —— 因为等待、盼望着怀孕而过度紧张 —— 什么也没发生,就是那个造成的,是我的错!你怎么知道?你说不上来!

(他又一次跳起来 —— 心烦意乱地来回踱步)

上帝啊,但愿我们有个孩子!到那时我将让他们所有人看看我能够做到什么!科尔先前总是说我具备那种素质,内德肯定也这么认为……

(突然因宽慰而激动)

哎呀,我忘记了!内德今晚来 —— 忘记告诉尼娜了 —— 绝不能让她意识到是我请他来为她检查身体的 —— 她会恨我这么低三下四的,因为内德从没来看望过我们 —— 但我不得不这样 —— 这事已经搅得我心烦意乱 —— 我必须知道是哪儿出了毛病 —— 而内德是我唯一信任的人……

(他扑到书桌前的椅子上,拿起一张没用过的纸,塞到打字机里)

哎呀,在他来之前,我应当试着再开始设计一份 ——

(他打了一两个句子,眉头紧蹙,脸上浮现出全神贯注的表情。尼娜悄悄走进门,站在门里边看着他。她又瘦了,面庞苍白憔悴,举止中透出神经质的极度紧张。)

尼娜 (在她能够压抑住自己蔑视而厌恶的即刻反应之前)

他是多么无能!他将永远一事无成 —— 永远不能满足我的欲望 —— 真盼着他爱上别的什么人 —— 离开这儿 —— 不在我父亲的房间里 —— 我甚至不得不给他一个家 —— 要是他消失了 —— 留下我自由自在 —— 要是他死了……

(控制住自己 —— 懊悔地)

我必须打消这些念头 —— 我不是这个意思 —— 可怜的萨

姆！努力得那么辛苦——爱我爱得那么深——我回报他的那么少——他觉得我一直满怀鄙视地观察着他——我不能告诉他我其实是满怀怜悯——我怎么能不观察他？怎么能不为他的焦虑而焦虑，因为那可能导致——在他的母亲说了那些话之后——生活是多么地可怕呀！他现在焦虑不安——他睡不着觉——我听到他辗转反侧，我必须赶快再和他同床而眠——他每星期只在家里过两夜——我这么做不公平——我必须试试——我必须！他怀疑我嫌恶他——这伤了他的心，唉，死去了的可怜宝宝呀，我不敢把你生下来，为了你的缘故，我可能会多么爱你的父亲呀！……

埃文斯　（突然觉察到她的存在，猛然跳起——流露出一种缺乏自信的愧疚神情，每当他在她面前时，这种神情都十分明显）你好，亲爱的，我以为你躺下了呢。（愧疚地）是不是我打字的声音吵得你烦心？真是太对不起了！

尼娜　（不由自主地感到恼火）

为什么他总是这么唯唯诺诺的？……

（她走到中间的椅子前，坐下——强作笑容）可这没有什么对不起的！（他手足无措地站在那儿，活像个被叫起来背诵却背不出来、因而当着全班的面遭到"痛斥"的小学生，看到他这样，她强装出戏谑的口气）天哪，萨姆，什么事都没有，你怎么竟会这么悲悲切切的！

埃文斯　（依然迫不得已为自己辩解——懊悔地）我知道，我在这儿拖拖拉拉地工作，努力想噼噼啪啪敲打出蹩脚的广告来，弄得你很不愉快。（发出一声短促的笑）努力本身是对的！（脱口而出）要不是科尔警告我赶快干——否则就走人——我是不会这么做的。

尼娜 （盯住他，更加恼火了，她的目光变得冷酷，思索着）是的！他将总是失去一份工作，再找另一份，每回一开始信心十足，然后……

（以一种漫不经心的讥讽口气打断他的话）那么，犯不上为失去这份工作而忧心忡忡，是不是？

埃文斯 （可怜巴巴地缩了缩身体）是的，没多少钱，但我常常想，在那儿将出现一个很好的机会——不过，当然，是我的错，我还没有做出什么——（他痛苦地打住话头）不知为什么。

尼娜 （她的敌意让位于懊悔与怜悯）

是什么使得我这么冷酷？他是那么毫无防范——他妈妈的宝贝——可怜的、有病的宝贝！可怜的萨姆！……

（她跳起来，朝他走过去。）

埃文斯 （当她走过来时——以一种防御性的、夸耀的勇敢）哦，我可以找一份和这个同样好的工作，毫无疑问——也许比这个要好出许多。

尼娜 （安慰地）你当然能够找到！不过我敢肯定，你不会失去这一份工作。你总是预想着有烦恼事。（她吻了吻他，坐到他椅子的扶手上，伸出一只胳膊搂住他的脖颈，把他的头揽到自己的胸前）不是你的错，你这个傻瓜，你呀！是我的错。我知道，和一个病得太重不能做妻子的妻子拴在一起，弄得所有一切对你都是那么艰难。你本应当娶一个强壮的大块头，像母亲般——

埃文斯 （此刻似乎在七重天上——激情洋溢地）不准这么说！世上所有别的女人加在一起都不值你的小拇手指头！倒是你应当嫁给一个配得上你的人，而不是一个像我这样的可怜虫！

但是，没有人会比我更爱你，不论他是什么人！

尼娜 （把他的头紧紧搂到自己胸口上，避开他的目光，亲吻他的前额）我爱你，萨姆。（越过他的头凝视远处——怀着深深的爱怜思索着）我几乎就要——可怜的、不幸的小伙子！在这些时刻——因为他母亲爱他——但那对他不够——我能够听见他母亲在说，"萨米必须确信你爱他——才能过得快活。"我必须使他确信——

（温柔地说）我想要你快活，萨姆。

埃文斯 （他的脸庞快活得变了模样）我是——比我应得的快活一百倍！

尼娜 （把他的头朝下紧搂到自己的胸口上，让他看不到自己的眼睛——温柔地）嘘——（悲哀地思索着）

我答应了她，但我没想到允许他爱我竟会这么令人难以忍受——在他的孩子，没有了之后——甚至难以继续生活下去，在那次手术之后，戈登的灵魂追踪着我，从一间屋到另一间屋，可怜的鬼魂，它在谴责我！

（以愤愤的嘲弄口气）

啊，戈登，恐怕这种荣誉感比任何被击落、被烈焰焚毁的都更深重！现在，你的荣誉感会说什么？"跟定他！……做人要守信誉！"哦，是的，我知道，我是跟定了他，可他不快活。我是在努力守信誉，那我又为什么把自己与他隔绝呢？但我真的是病了——在那之后有段时间——从那以后，我不能够，但是，哦，我将努力，很快，我将努力……

（温柔地——不过是在强迫自己这么说）难道我的小伙子不想和我一起睡吗？——在不久之后的某个时候？

埃文斯 （动情地 —— 几乎不能相信自己的耳朵）啊，那真是好极了，尼娜！但你肯定你真的想要我 —— 你觉得你的身体能行吗？

尼娜 （重复他的话，仿佛在背诵课文）是的，我想要你，是的，我觉得我的身体能行。（他抓住她的手，满怀感激、一言不发地狂吻着 —— 她则怀着听天由命的决断思索着）

好吧，萨米的母亲和戈登，我会守信誉的，那将使他快活一阵子，就像他在我们离开他母亲之后的那几个星期里那样。当时，为了给予他快乐，我发疯般地放纵、折磨自己！

（随后疲倦而绝望地）

他会快活，然后他会再次因为我没有怀上孩子而感到愧疚……

（阴郁而酸楚地笑了笑）

可怜的萨姆，要是他知道那些预防措施，就仿佛我宁死也不愿冒一点点让那件事发生的风险！—— 再也不 —— 对我们双方而言，这是一个多么具有悲剧性的玩笑啊！我那么想要我的孩子！啊，上帝啊！他的母亲说，"你必须生下个健康的孩子 —— 在某个时候……这是你义不容辞的责任。"当时这话似乎是对的，可现在，这似乎是胆小鬼的行为 —— 背叛可怜的萨姆 —— 这似乎很恶心，把自己献给，既没有爱情也没有欲望，不过，我以前也曾把自己献给男人，从来就没有过要给予他们片刻快活的念头。难道我不能再那么做吗？当这件事涉及萨姆的快活？……也涉及我的快活？……

（她从他身旁站起来，那动作好像有人在追她）想必已经八点半了。查理要来送他对我拟的戈登传记提纲的一些建议。

埃文斯　　（他的狂喜被击碎——垂头丧气地）

总是发生这种事，就在我们亲热的时候，总有什么插进来——

（随后心慌意乱地）哎呀，我忘了告诉你，内德今晚来。

尼娜　　（惊讶地）内德·达雷尔？

埃文斯　　是的。那天我碰巧遇上他，邀请他做客，他说星期六晚上来。他说不准哪班火车。你说过，见见他也没关系。

尼娜　　（兴奋地）你为什么不早告诉我，你这个傻瓜！（她吻吻他）好吧，没关系，可这正像你干的事。现在得有人到商店跑一趟，而我得去把那间空房收拾好。

（她匆匆朝门口走去，他跟着她。）

埃文斯　　我去帮你。

尼娜　　这种事你干不来！你就待在楼下，把他们带到这儿来，把我的缺席遮掩过去。谢天谢地，如果内德在这儿，查理是不会待时间长的。（门铃响了——兴奋地）他们中的一个来了，我要赶快上楼。如果是内德，上楼告诉我——把查理打发走。

（她戏谑地吻吻他，匆匆奔出门去。）

埃文斯　　（望着她的背影——思索着）

今晚她似乎好多了，更快活了。她似乎是爱我的，要是她能够完全复原该多好，到那时一切将会……

（门铃又响了）

我必须给内德一个和她谈话的合适机会……

（他走出去，去开外面的门——片刻之后和马斯登一起回来了。后者一副心不在焉、烦躁不安的模样。他努力遮掩着脸上焦虑的表情，似乎正遭受着某种内心恐惧的折磨，这种恐惧他甚至对自己也正努力隐瞒,并且正坚定地把它阻挡在自己的意识之外。他颀长的身躯伛偻着,仿佛它的一部分支撑即将被抽走。)

埃文斯 （以一种相当勉强的欢迎口气）请进来吧,查理。尼娜在楼上躺着呢。

马斯登 （明显松了一口气）那么,无论如何别去惊动她。我只是来送还她的提纲,我写下了一些建议。(他已经从衣袋里掏出几张纸,此刻把纸交给埃文斯)不管怎样,我只能待一会儿。我母亲这些天有点不舒服。

埃文斯 （敷衍地）太糟了。（怀恨地思索着）

她活该,这个老长舌妇,以前她说了那么多尼娜的坏话!

马斯登 （装作满不在乎）不过是有点消化不良,没什么严重的,但弄得她烦透了。（惊恐地思索着）

她抱怨那种钝痛,我不喜欢——除了老蒂贝特医生,她谁都不愿意去看……她六十八岁了……我不能不担心,不!

埃文斯 （厌倦——含糊地）噢,依我看,到了她那个年纪,你得当心每一件小事情。

马斯登 （极为恼火）她那个年纪?我母亲还没那么老!

埃文斯 （吃惊地）她已经过六十五岁了,不是吗?

马斯登 （愤慨地）你完全错了!她还没到六十五岁呢——从健康和精神上说,她还不到五十岁呢!所有的人都这么说!（生自己的气）

为什么谈到她的年纪我要对他说谎呢?……我肯定有点神经紧张——近来和母亲住在一起日子很不好过,当也许什么事都没有时,我却急得要死……

埃文斯 （轮到他生气了——思索着）

为什么这样大惊小怪的？仿佛若是那老太婆一百万岁我就会在乎的！

（指着那些纸）我早上做的第一件事就是把它们交给尼娜。

马斯登 （呆板地）好，谢谢你。（他抬脚朝门口走去——随后转回身——大惊小怪地）但趁我在这儿时，你最好看一眼，是不是写得清楚。我是在页边空白上写的。你看看是不是有看不明白的地方。（埃文斯无可奈何地点了点头，走回到灯下面，开始读那几页纸。）

马斯登 （用挑剔而反感的目光环顾四周）

他们把这间书房弄得这么乱糟糟的——可怜的教授！死去了，被遗忘了——他的坟墓遭亵渎——现在萨姆周末在这儿设计广告吗？最后的一笔！尼娜则怀着爱情辛辛苦苦地写作戈登的传记——那个教授痛恨的人！"生活中充满那么多事情！"为什么世上每一个人都以为自己能够写作？但我只能责备我自己——我到底为什么要向她提那个建议？是因为我希望当萨姆在城里时我帮助她会使我们俩单独在一起？但在她那次堕胎之前我就提出了那个建议！你怎么能知道她做那件事？因为我知道！心灵相通——她的躯体承认了。从那以后，我一直觉得厌恶——仿佛她是个罪犯，她是的！她怎么能够？为什么？我原以为她想要孩子——但显然我不了解她。我猜，是害怕损害她的体形——她的肌肤，她征服男人感官的魅力——也包括我的感官——我曾经希望，盼望她成为母亲——为了我心灵的安宁……

（突然住口——狂暴地）

住口！我正在变成多么卑劣的畜生！当母亲正病着，我应当只想着她的时候,我竟生出这样的念头! 不管怎样,这种可恶的事跟我没关系!……

(怨恨地盯着埃文斯,好像是他的过错)

瞧瞧他! 他永远不会起一点疑心! 真是个大傻瓜! 他崇拜戈登,就像报童崇拜拳击冠军! 尼娜笔下的戈登活像半神半人! 而实际上他出身最最普通的人家!

(他突然怀着极为恶毒的满足感对埃文斯说话)我曾经到比恰姆波顿查过戈登的家世,我告诉过你吗? 实在是一帮可悲可叹的家伙! 当我回忆戈登,看着他的父亲时,我不由猜想到木柴堆中的情人,或者不得不相信圣灵怀胎 —— 这意思是说,在我见到他的母亲之前! 而在见到他母亲之后,我能够想到的唯一解释就是,是鹳鸟把他带来的!①

埃文斯　(没怎么听进去,也没有理解,含糊地说)我从没见过他的家人。(挥挥那些纸)这些我全都能看明白。

马斯登　(嘲讽地)你能看懂我很高兴!

埃文斯　(慌不择口地)我会把它们给尼娜的 —— 希望你母亲明天感觉会好些。

马斯登　(愠怒地)哦,我要走了。要是我打扰了 —— 你的写作,你为什么不告诉我!

埃文斯　(当即感到愧疚)哦,别这样,查理,别生气,你知道我不是那个意思 ——(门铃响了。埃文斯慌乱之中结巴起来,试图装出若无其事的样子)来了! 那肯定是内德。你记得达雷尔吗? 他来这儿做一次短暂的拜访。对不起。(他跌跌撞撞冲出门去。)

---

① 西方民间传说认为,鹳鸟会把婴儿送到那些想要孩子的夫妻家中。

马斯登 （望着他的背影，愤怒中掺杂着警觉的怀疑与惊讶）

达雷尔？他来这儿干什么？他们一直见面吗？也许他就是那个做手术的——不，他的观点是她应当有个孩子——但假如她去恳求他呢？但是，尼娜为什么要恳求不要孩子呢？……

（心烦意乱地）

唉，我不知道！这种事从头到尾糟透了！我应当回家！我不想见达雷尔！

（他朝门口走去——随后突然冒出个念头，停住步）

等等——我可以向他问问我母亲的病——是的——好主意……

（他回到房间中央，面朝前方站在那儿，达雷尔进来了，后面跟着埃文斯。达雷尔的外貌没有改变，只是他的表情更加严肃、深沉，他的神态更具令人信服的权威性、更加成熟了。他用含义复杂的目光从头到脚扫视着马斯登。）

埃文斯 （尴尬地）内德，你记得查理·马斯登吗？

马斯登 （伸出手，彬彬有礼地）你好吗，大夫？

达雷尔 （握握他的手——简洁地）你好。

埃文斯 我上楼去告诉尼娜你来了，内德。（他怨恨地瞥了马斯登一眼，走了出去。）

马斯登 （当达雷尔坐到中间的椅子上时，马斯登走过去站到桌旁，尴尬地）你按门铃时我正打算走呢，后来我决定留下来，和你再认识一下。（他弯腰捡起一张纸，小心翼翼地把它放回到桌上。）

达雷尔 （观察着他——思索着）

整洁——可疑的整洁——他像个老姑娘，把自己刻画进自己的小说中——所以，我怀疑——我很想有个更进一步观察他的机会……

马斯登 （怨恨地思索着）

真是个乡下佬！他满可以说点什么嘛！……

（强作笑容）我想求你帮个忙，给我指点一下，最好的专家，最最好的，有可能前去请教——

达雷尔 （厉声地）请教什么？

马斯登 （近乎幼稚地）我母亲胃疼。

达雷尔 （觉得有趣——干涩地）也许她吃得太多了。

马斯登 （弯下腰小心翼翼地从地板上捡起另一张纸，同样小心翼翼地放到桌上）她吃的那一点东西还不够养活一只金丝雀的。她说，那是一种持续的钝痛。她焦急万分，唯恐得了癌症。不过，当然，那纯粹是胡思乱想，她这辈子从没生过一天病，而且——

达雷尔 （厉声地）在她的疼痛这件事上，她表现得要比你聪明得多。

马斯登 （弯下腰去捡另一张纸，嗓音因惊骇而颤抖）我不明白——不完全明白。你的意思是说，你认为——

达雷尔 （残忍地）是有可能的。

（他掏出一支钢笔和一张卡片，在上面写着，狰狞地思索着）

在他脚下爆炸一颗炸弹，就像我以前曾经做过的那样。这是唯一能使他着手干点事情的方法——

马斯登 （气愤地）但是——这是胡说八道！

达雷尔 （心满意足——平静地）那些迟迟不敢面对不愉快可能性的人们造成更多的谋杀和自杀——（递过去卡片）舒尔茨大夫

是你需要找的人。带她去见他——明天!

马斯登 （气愤而痛苦地喊叫起来）混账,你这么咒她,没有任何——!（他愤怒得说不出话来）你绝没有权利!——（他浑身哆嗦着弯下腰,捡起另一张纸。）

达雷尔 （实实在在地大吃一惊,悔悟）

我原来以为他天生只顾自己,对谁都一点儿不在乎呢!他的母亲,现在我开始认识他了——

（他从椅子上跳起来,走到马斯登跟前,把一只手按到他的肩膀上——和蔼地）请你原谅,马斯登。我只是想让你完全明白,丝毫的拖延都是危险的。你母亲的疼痛也许是由于种种无关紧要的原因,不过你要对她负责,必须查清楚。给你。（他递过去卡片。）

马斯登 （挺直身体,接过来,此刻他的目光充满感激——谦卑地）谢谢你。我明天带她去看那位医生。（埃文斯走了进来。）

埃文斯 （对马斯登,慌不择口地）喂,查理,我并不是要赶你走,可尼娜想在商店关门之前买点东西,如果你能让我搭车的话——

马斯登 （抑郁地）当然可以,走吧。（他和达雷尔握了握手）晚安,大夫——谢谢你。

达雷尔 晚安。（马斯登走出去,埃文斯跟在后面。）

埃文斯 （在门口转过身,意味深长地说）尼娜马上就下来。千万帮帮忙,和她好好谈谈心,内德!

达雷尔 （皱眉——不耐烦地）哦——好吧!快去吧。

（埃文斯走出去,达雷尔站在桌旁,望着他们的背影,想着马斯登的事）奇怪的家伙,马斯登,依然是妈妈的孩子,要是她死了,他将怎么办呢？

（耸耸肩膀，甩掉马斯登的念头）

哦，这个嘛，他总是能够在一本新书中逃避生活。

（他围着桌子转了转，挑剔地察看着桌上乱糟糟的东西，随后在安乐椅上坐下——饶有兴致地）

作者身份的证据——萨姆的广告？他说，干得不好——我以为他具备那种素质，是我错了吗？希望不是——一直喜欢萨姆，说不准究竟是为什么——他说，尼娜再次陷入糟糕的状态之中——他们的婚姻出了什么事？在他们的婚礼上我有点为自己难过——并不是我曾经爱上——但在某种意义上，我确实嫉妒他——她对我总是具有强烈的肉体吸引力——那一次我吻了她——这是我从那之后一直躲得远远的原因之一，绝不冒任何情感游戏的危险——需要全身心投入我的工作——哪怕是那种稍许的嫌疑也要摆脱——我已经忘记了有关她的一切——她是个让人琢磨不透的姑娘——有趣的病例——为了这个理由，我应当一直保持联系——希望她会把她自己的事告诉我——不能理解她为什么不要孩子——那是多么显而易见的合乎情理之举……

（挖苦地）

也许，唉……指望人具备常识只能证明你本人缺乏常识！

尼娜　（悄无声息地进来。她已经把自己打扮过了，穿上了最好的衣服，梳理好了头发，搽上了胭脂，等等——但主要是她的情绪改变了她，使她此刻显得更年轻、更俊俏。达雷尔随即觉察到她的出现，他抬眼望去，深情地、赞赏地微笑着站了起来。她快步走到他面前，怀着不加掩饰的快乐说）你好，内德，再次见到你我真的很高兴——

经过那么多年之后!

达雷尔 （在他们握手时 —— 微笑着）没有那么长时间,对吧?（赞赏地思索着）

和从前一样妩媚动人 —— 萨姆这个幸运的家伙!……

尼娜 （思索着）

有力的双手,就像戈登的 —— 抓住你 —— 不像萨姆的 —— 柔顺的手指,使你只能依靠你自己……

（戏谑地）你一直对我们不理不睬,太不像话了,我真该砍下你的脑袋!

达雷尔 （有点窘迫地）我本来真的打算写信的。（他目光热切地观察着她）

自我上次见她之后,她经历过许多事 —— 她的脸表现出来了 —— 流露出神经质的紧张 —— 掩藏在她的微笑后面……

尼娜 （在他的注视之下觉得不自在）

我讨厌他眼中那种职业性的目光 —— 观察着症状 —— 没有看见我 ——

（以怨恨的嘲弄口气）好吧,大夫,你觉得眼前这个病人哪儿不对劲?（她神经质地笑起来）坐下,内德,我想你管不住你自己那种望诊的目光。（她转身离开了他,坐到房间中央的摇椅上。）

达雷尔 （迅即移开目光 —— 坐下 —— 开玩笑地）又是那老一套不公正的指责!你总是以为我在望诊,而我实际上是在想,你的眼睛多么美丽,或者这件礼服多么合体,或者 ——

尼娜 （笑着）或者,你能够编造出什么样的合适借口呀!噢,我了解你!（随着她情绪的突然改变,她欢快而自然地大笑起来）但你会得到宽恕的 —— 这意思是说,如果你能够解释你为什么一直不来看望我们的话。

达雷尔　说实话,尼娜,我一直忙于工作,没有机会去任何一个地方。

尼娜　或者没有心思去!

达雷尔　(笑着)好吧 —— 也许吧。

尼娜　你就那么喜欢那个研究所吗?(他严肃地点点头)那是你渴望的大好机会吗?

达雷尔　(率直地)我想是的。

尼娜　(笑了笑)哦,你是那种获取的类型,机会是为你们创造的!

达雷尔　(笑着)我希望如此。

尼娜　(叹气)我真希望我们中更多的人也可能有这种希望 ——(随后急匆匆地)—— 是指我。

达雷尔　(怀着某种满足思索着)

是指萨姆 —— 看起来,未来的婚姻幸福是没有什么希望了!……

(戏谑地)但我听说你正在"利用机会"进入文学圈子 —— 与马斯登合作。

尼娜　不,查理仅仅提供一些建议。他从来不屑于与别人联合署名。再说,他从来也不赞赏真实的戈登。除了我,没有人赞赏。

达雷尔　(刻薄地思索着)

戈登的神话依旧强大无比 —— 依然是她麻烦的根源……

(急于刨根问底)萨姆肯定赞赏他,不是吗?

尼娜　(忘记掩饰自己的鄙视)萨姆?嗨,在所有方面他都不折不扣正相反！

达雷尔　（刻薄地思索着）

那些英雄阴魂不散——但也许她能够用自己的方式来写他……

（劝说地）好吧，你就要写那传记了，不是吗？我想你应该写。

尼娜　（干涩地）为了我的灵魂，大夫？（无精打采地）我想我会的。我不知道，我没有多少时间。妻子的职责——（戏谑地）顺便问一句，如果不是太不礼貌的话，你是不是快要和某一位漂亮女士订婚了？

达雷尔　（笑着——但断然地）绝对不是！至少要等到我三十五岁之后！

尼娜　（讽刺地）那么，你也不相信自己的药方？啊哼，大夫！想一想那对你将有多大的好处！——（为这种富于刺激性的讽刺而兴奋）——假如有个好姑娘让你去爱——或者学会去爱？——去看顾——你可以塑造她的性格，你可以随心所欲地指点、设计她的人生，在她那无私的奉献之中你可以找到安宁！（她的讽刺越来越辛辣）你应当有个孩子，大夫！在你有孩子之前，你永远不懂什么是生活，永远不会真正快活，大夫——一个漂亮的、健康的孩子！（她发出一声充满酸楚与讥讽的大笑。）

达雷尔　（迅速而犀利地瞥了她一眼之后，思索着）

太好了！……她打算说出……

（温顺地）我听出了我的论点。我真的在每一点上都错了吗，尼娜？

尼娜　（严厉地）在每一点上，大夫！

107

达雷尔 （犀利地瞥了她一眼）但怎么错的？你还没有给予那孩子一个机会，不是吗？

尼娜 （愤愤地）哦，我没有吗？（随后满怀强烈的怨愤喊叫起来）我将会让你知道，我命中注定不能生孩子，大夫！

达雷尔 （吃了一惊）

你说什么？……为什么不能？……

（又一次怀着某种满足）

她的意思能是指萨姆？……他……

（安慰地——但显然心神不定）你为什么不从头开始讲，把一切都告诉我？我觉得自己有责任。

尼娜 （恶狠狠地）你有责任！（随后疲倦地）你没责任，谁都没有责任，你不知道，没人能够知道。

达雷尔 （以同样的口气）知道什么？（同样急于确信他所希望的事情，思索着）

她的意思肯定是说，没人能够知道萨姆不能——但我本来可以猜到的——根据他在各方面的软弱——可怜的倒霉家伙！（随后，见她依然沉默——怂恿地）告诉我，我要帮助你，尼娜。

尼娜 （感动地）太晚了，内德。（随后突如其来地）我刚刚想到——萨姆说他碰巧遇上了你，不是那样，对吧？他是去见你，告诉你他多么为我担心，叫你来这儿看看我，是不是？（达雷尔点点头）哦，我不在乎！这甚至相当令人感动。（随后嘲讽地）好吧，既然你是以医生的身份来的，我的丈夫要你给我诊病，我不妨把整个病史全都告诉你！（疲倦地）我警告你，这病史可不怎么有意思，大夫！但人生似乎就不怎么有意思，不是吗？说到底，这种一团糟的局面是你协助、支持上帝父亲造成的，我希望你今后会学着不那么自以为是。(语气越来越酸楚)我必须说，大夫，你做事情太不遵循科学了！(随后突然以一种沉闷而单调的语气开始讲她的故事，令人回想起上一幕埃文斯母亲的语气)在我们前去探望萨姆的母亲两个月之前，我就知道自己怀上了孩子。

达雷尔 （吃了一惊 —— 没能掩饰住失望的表情）哦，那么你真的怀孕了？（失望地思索着 —— 为自己的失望而感到羞愧）

我想的全错了 —— 她怀孕了 —— 那为什么她又没有？……

尼娜 （以一种怪异而特别热切的口气）噢，内德，我爱这孩子甚于爱我生命中的一切 —— 甚至也包括戈登！我是那么爱这孩子，有时好像戈登才是这孩子真正的父亲，肯定是当我躺在萨姆身旁熟睡时，戈登进入了我的梦乡！我多么快活！那时我几乎爱上萨姆了！我觉得他是个好丈夫！

达雷尔 （立刻觉得反感 —— 鄙视而嫉妒地思索着）

啊哈！……又是那位英雄！……来到她的床上！给可怜的萨姆戴上绿帽子！成为他孩子的父亲！如果她不是我所见过的最愚蠢的偏执狂，我就不是人……

尼娜 （她的嗓音突然变得单调、毫无生气）随后，萨姆的母亲告诉我，我不能生下我的孩子。你瞧，大夫，萨姆的曾祖父精神不正常，萨姆的祖母死在精神病院里，萨姆的父亲死的时候已经失去理智许多年，他的一个依然活在世上的姑妈是个疯子。所以，当然，我不得不同意，生下孩子是不对的 —— 我做了手术。

达雷尔 （一直惊愕而恐惧地听着 —— 大为震惊，不知所措）我的天哪！你疯了吗，尼娜？我简直不能相信！这太可怕了！在所有的人中间，偏偏是可怜的萨姆！（疑惑地）尼娜！你绝对肯定吗？

尼娜 （立即提防而嘲讽地）绝对，大夫！为什么？你以为是我疯了吗？萨姆看上去那么健康、那么正常，不是吗？他完全把你愚弄了，不是吗？你以为对我来说他是个理想的丈夫！而且，可怜的萨姆把自己也愚弄了，因为这件事他一点也不知道——所以你不要责怪他，大夫！

达雷尔 （真正的惊恐万状，思索着——对她涌出一股保护性的爱意）天哪，这太可怕了！……超出所有其他事情——她怎么能够忍受的？她也将失去理智！这是我的错！……
（站起身，走到她跟前，站在她的身后，把手抚在她的双肩上——温柔地）尼娜，我太难过了！现在只有一件可能做的事情。你得让萨姆和你离婚。

尼娜 （愤愤地）是吗？那样你以为他会是什么结局？不，现在我的记忆中已经有足够多的愧疚了，谢谢你！我得跟定萨姆！（随后以出人意料的坚定不移的口气）我已经答应萨姆的母亲，我要让萨姆快活！现在他不快活，因为他认为他不能让我生孩子，而我也不快活，因为我失去了我的孩子。所以我必须怀上另一个孩子——以某种方式——你没想过吗，大夫？——让我们两个都快活？（她抬起头恳求地望着他。有那么一刻，他们互相凝视着——随后两人都愧疚而慌乱地移开目光。）

达雷尔 （疑惑地思索着）

她眼中的那种目光——她要我想什么？……她为什么讲这么多快活不快活？——我快活吗？我不知道——快活是什么？……

（慌乱地）尼娜，我不知道要想什么……

尼娜　（怪异地思索着）

他眼中的那种目光——他是什么意思？……

（以同样坚定不移的口气）你一定知道要想什么。我自己再也想不出办法来了。我需要你的指点——这一次是需要你的科学指点，对不起，大夫。这件事我想了又想，我已经告诉自己，什么是我应当做的。萨姆的母亲极力主张我这么做。这么做是合乎情理的，是仁慈的，是公正的，是对的。这句话我已经对自己说了一千遍，可我依然不能使自己完全相信对某种事情的担忧。我需要某一个置身事外的人给予我勇气，帮我分析推理，就好像萨姆和我不过是一对豚鼠。你得帮助我，大夫！你得向我证明，为了萨姆，也为了我自己，什么是我非做不可的合情合理的事情——真正合情合理的，你明白吧！

达雷尔　（慌乱地思索着）

我必须做什么？这完全是我的错——我应当给她某种回报——我应当给萨姆某种——我应该使他们快活！……

（烦躁地）

该死，我的耳朵里嗡嗡作响！我染上了某种热病——我曾发誓要冷静地生活——让我想想……

（以一种冷漠的、毫无情感的职业口吻，他的面孔就像医生的面具）

如果一个医生要给病人开医嘱，他必须了解全部的事实真相。萨姆的妻子想来想去要做的究竟是什么？

尼娜　（以与先前同样坚定的口气）挑选一个她一点也不喜欢的健康男性，和他生一个孩子，萨姆将会认为这是他的孩子，这

个孩子的生命将赋予萨姆对于自己人生的信心，对他来说，这个孩子是他妻子爱他的活生生的证明。(慌乱地、怪异地、别有用心地)

这位医生是健康的……

达雷尔 （以他那种极端职业化的方式——就像一个机器人医生）我明白了。但这件事需要反反复复地考虑。这个医嘱不容易开——（思索着）

我的一个朋友有个妻子——在他的婚礼上我很嫉妒——但那与这事有什么关系？该死，我的头脑不灵了！一个劲地朝她溜过去——想要和她的头脑成双配对——是为了科学吗？我在想什么乌七八糟的事情啊！……

尼娜 （像先前那样思考着）

对我来说，这位医生只不过是一个健康的男性——当他是内德时，他曾经吻过我——但我一点儿也不喜欢他，所以这完全合适，不是吗，萨姆的母亲？

达雷尔 （思索着）

让我想想——我是在实验室里，他们是豚鼠——事实上，为了科学，就这次实验而言，我自己可以既是只豚鼠又是个观察者——比如说，我观察到自己的脉搏很快，这显然是因为先前的情欲再次攫住了我——情欲是男性对女性美的一种自然而然的反应——她的丈夫是我的朋友——我一向努力帮助他……

（冷冷地）我一直在考虑萨姆的妻子告诉我的事情，她的推论是合乎情理的。那孩子不能是她丈夫的。

尼娜 那么说，你同意萨姆母亲的观点？她说："快快活活的吧，这是我们所能够认识到的最正确的方式！"

达雷尔 我坚决同意她的观点。萨姆的妻子应当马上为萨姆的孩子找到健康的父亲。（担忧地思索着）

我曾经快活过吗？我在研究如何治愈肉体的不快活——我在垂死者的嘴唇边观察到快活的笑模样——我在若干个我想要的女人身上体验过快乐，但从没爱过——我体验过一点儿荣耀、一丝自我满足——这种有关快活的谈话与我似乎不相干……

尼娜 （开始以一种羞答答的、胆怯的、愧疚的口气讲话）这件事必须瞒着萨姆，永远不让他知道！啊，大夫，萨姆的妻子很害怕！

达雷尔 （以不折不扣的职业口吻）胡说！现在不是胆怯的时候！

快活痛恨胆怯！科学也痛恨！毫无疑问，萨姆的妻子必须隐瞒她的行为！若是让萨姆知道，那她可够荒唐、够残酷的——而且是愚蠢的，因为到那时没有人会因为她的行为而感到更快活！（焦灼地思考着）

我这么出主意对吗？对的，这么做显然是合乎情理的，但这个主意背叛了我的朋友！不，是救了他！救了他的妻子。而且，若是第三者能体验到一点点快活——因为我救了他，他是不是更可怜，我对他是不是不那么够朋友？不，我对他的责任是明确的——作为一个探求真理的实验者——观察这些豚鼠，我本人也是它们中的一个……

尼娜 （坚定地思索着）

我必须有我的孩子！……

（胆怯地——从椅子上站起来，朝他半转过身去——恳求地）你必须给予他的妻子勇气，大夫。你必须使她摆脱那种愧疚的感觉。

达雷尔　　只有当一个人故意忽略自己对人生负有的显而易见的责任时,他才可能会感到愧疚,其余的一切都是废话!这个女人的责任就是生下一个健康的孩子,从而拯救她的丈夫和她自己!(愧疚地思索着,本能地从她身边退开)

我是健康的 —— 但他是我的朋友 —— 有一种叫作荣誉的东西!……

尼娜　　(坚决地)

我必须让自己快活!……

(惊恐地 —— 朝他跟过去)可是她感到羞耻。这是通奸,这是错误的。

达雷尔　　(继续后退 —— 发出一声烦躁而冷酷的嘲笑)错误!难道她宁愿看到自己的丈夫在疯人院里缩成一团吗?难道她宁愿面对那种前景,在年复一年地折磨自己、折磨丈夫之后,她在精神上、道德上和肉体上全盘垮掉?说实话,夫人,要是你不能彻底抛开所有这些不相干的道学观点,我将不得不立即放弃这个病例!

(惊恐地思索着)

是谁在说话?他是在说我吗?……但你很清楚,我不可能是那个人,大夫!……为什么不,你是健康的,这是善意的行为,对所有有关的 ——

尼娜　　(坚定地思索着)

我必须有我的孩子!……

(进一步朝他走过来 —— 现在她能够用手触到他)求求你,大夫,你必须给予她做这件好事情的力量,在她看来,这件事似乎那么正确,可又是那么不正确!(她伸出手抓住他的手。)

达雷尔　　（惊恐地思索着）

　　这是谁的手？它烧灼着我 —— 我曾吻过她 —— 她的嘴唇冰冷 —— 现在她的唇上燃烧着我的快活！……

尼娜　　（抓住他的另一只手，慢慢地把他拉转身面朝自己，不过他并不看她 —— 恳求地）现在她感到了你的力量，这力量给了她请求你推荐那个父亲的勇气，大夫。自从她成为萨姆的妻子之后，她已经改变了，大夫。现在，她不能忍受把自己交付到某个自己既不想要又不敬重的男人手上的想法。所以，每当她想到自己必须选择的那个男人时，就不能再想下去！她需要你给她选择的勇气！

达雷尔　　（似乎在倾听自己的话）

　　萨姆是我的朋友 —— 唉，难道她不是你的朋友吗？她的双手那么温暖！哪怕是暗示我的欲望，我也绝对不能！……

　　（像法官那么镇定）哦，当然，那男人必须是个在肉体上对她具有诱惑力的。

尼娜　　内德对她一向具有诱惑力。

达雷尔　　（惊恐地思索着）

　　她说的是什么？……内德？……诱惑？……

　　（以与先前一样的口气）那男人的头脑应当具有真正的理解能力 —— 科学的头脑，超越造成人类那么多错误和痛苦的道德禁忌。

尼娜　　她一向认为，内德具有超凡的头脑。

达雷尔　　（惊恐地思索着）

　　她说内德吗？……她认为内德？……

　　（以与先前一样的口气）那男人应当喜欢她、敬佩她，他应当是她的好朋友，应当愿意帮助她，但他不应当爱她——尽管他可能想要她，这对任何人都不构成危害。

尼娜 内德不爱她——不过他曾经喜欢过她，而且，我认为，曾经想要她。他现在想要吗，大夫？

达雷尔 （思索着）

他要吗？……他是谁？……他是内德！……内德是我！……我要她！……我要快活！

（此时颤抖地——温柔地）但是，夫人，我必须承认，你说的这个内德就是我，我就是内德。

尼娜 （温柔地）而我就是尼娜，我想我的孩子。（随后，她伸出手去，把他的头转过来，直到他和她脸对脸，不过他让自己双眼望着地面——她懦弱地、驯顺地低着头——轻柔地）我将十分感激，内德。（他浑身一震，狂乱地抬眼望着她，做了一个似乎要把她搂到怀中的动作，随后以这种姿势僵了片刻，当她驯顺地重复时，他凝视着她低垂的头）我将满怀谦卑的感激。

达雷尔 （突然双膝跪地，双手握住她的一只手，谦恭地吻着——啜泣地）是的——是的，尼娜——是的——为了让你快活——以那种精神！

（思索着——狂暴而得意扬扬地）

我将会得到片刻的快活！……

尼娜 （抬起头——思索着——骄傲而得意扬扬地）

我将是快活的！……我将使我的丈夫快活！……

〔幕落〕

第 五 幕

景：埃文斯在纽约郊区海滨租住的一幢小房子的起居室。第二年四月，一个阳光灿烂的上午。

〔这房间是那种批量建造的单层住宅里常见的起居室。左边的窗外是一道宽宽的游廊，房间后部的双扇门通向门厅，右边的门通向餐厅。尼娜已经试图用从自己老家里带来的一些自己的东西来抵消这房间里那种令人生厌的、平庸的时髦气息，但面对如此不可抗拒的粗俗，她并没有全力以赴，以至于这个房间具有与上一幕教授书房同样性质的杂乱无章。

〔家具是按照前面场景中的格式摆放的，偏左的地方有一把莫利斯椅①和一张金黄色的橡木圆桌，房间中央摆着一把铺着色彩鲜艳印花布的软垫椅，右边是长沙发，上面

---

① 一种椅背斜度可调节、椅垫可拆下的椅子。

铺着同一种印花布。

〔尼娜正坐在房间中央的椅子上,她一直努力读着一本书,可却懒洋洋地让书滑落到自己的腿上。可以明显看出,她的脸庞和她的举止都大大改变了。她又是第三幕中那个怀孕的女人,不过这一次她的神情中洋溢着得意扬扬的力量,她的眼中放射出冷酷的自信。她的身体变得粗壮,脸庞丰满。此刻在她身上找不到神经质紧张的痕迹,她看上去沉着、极为镇定。

尼娜 (仿佛在倾听着自己身体内的某个声音——欢快地)

听听!那不可能是我的想象——我真真切切地感到了它——生命——我的宝宝——我唯一的宝宝——那另一个从来没有真正活着——这是我的爱情之子!我爱内德!……自从那第一个下午我一直爱他——当我去找他时——那么严谨!

(她对自己笑起来)

哦,我多么傻呀!随后爱情降临到我心中——在他的怀里——快活!我对他隐瞒了——我看得出他吓坏了——他自己的快活把他吓坏了。我能感觉到他在和自己斗争——在所有那些下午——我们快活的、妙不可言的下午!我什么都没说——我逼着自己不动声色——所以,当他最后说——心烦意乱极了——"听着,尼娜,我们已经做了一切必须做的,玩火是危险的!"——我说:"你说得对极了,内德,在所有的事情当中,我最不想做的就是爱上你!"……

(她笑起来)

他不喜欢这句话！他看上去很生气 —— 很害怕 —— 此后一连几个星期他从没打过电话 —— 我等待着 —— 等待是明智的 —— 可我一天天越来越担惊受怕 —— 随后，正当我的意志马上就要崩溃时，他的意志崩溃了 —— 他又一次突然出现，但我使他保持住医生的矜持姿态，把他打发走了，他既为自己的意志力而自豪 —— 又因为对我怀有欲望而厌恶自己！从那以后每星期他都要来这儿 —— 作为我的医生 —— 我们谨慎地、不动情感地谈论我们的孩子 —— 就像它是萨姆的孩子 —— 我们从没向我们的欲望屈服过。我一直观察着爱情在他心中的成长，直到我确信……

（突然惊慌起来）

但我确信吗？他从来没有提到过爱情 —— 也许我一直是个大傻瓜，竟然扮演了我所扮演的角色 —— 这也许会使他跟我作对……

（突然镇定而自信地）

不 —— 他的确 —— 我感到了 —— 只有当我开始思索时，我才变得疑虑重重……

（她仰坐回去，神情恍惚地盯着前方 —— 稍顿）

听听 —— 又是他的孩子！我的孩子在我的生命中运动 —— 我的生命在我孩子的生命中运动 —— 世界是完整的、完美的 —— 所有事物都是互相的，生命是超越理智的 —— 在这种安宁与沉寂之中，疑问消逝了 —— 我生活在巨大梦想潮流之中的一个梦里面 —— 我做梦时从这潮流中吸气，又把我的梦呼出去还给这潮流 —— 我悬浮在这潮流的运动之中，感到生命在我体内运动，在我的体内悬浮 —— 没有那些为什么的

问题 —— 没有为什么 —— 我是个母亲 —— 上帝是母亲……
（她快活地叹了口气，闭上了眼睛。稍顿。埃文斯从后面的门进来了。他穿得倒还整齐，不过仍是那些旧衣服 —— 衣着寒酸的斯文学生 —— 而且他忘了刮脸。他的眼神似乎充满令人怜悯的痛苦，他的举止变成一种试图掩饰神经质惊恐与愧疚之心的苦恼而明显的努力。他在门里边停住，用可怜而鬼鬼祟祟的目光望着她，与自己争辩着，竭力鼓起勇气）

告诉她！……去吧！……你已经下定决心了，不是吗？……现在不能退缩！告诉她你已经决定了 —— 为了她的缘故 —— 面对事实 —— 她不能爱你 —— 她一直努力 —— 她一直表现得宽宏大度 —— 可她开始恨你了 —— 你不能责备她 —— 她想要孩子 —— 而你一直不能……

（软弱无力地抗议）

但我不能肯定 —— 那是我的过错……

（随后酸楚地）

噢，别欺骗自己了，假如她嫁给别的什么人 —— 假如戈登依然活着，娶她为妻。我敢打赌头一个月里她就会 —— 你最好从这整个游戏中退出 —— 用一支枪！

（他使劲吞咽，仿佛是在压下去一声哽咽 —— 随后凶暴地）

别再悲悲切切了！……去吧，叫醒她！说你心甘情愿和她离婚，这样她就可以嫁给某个真正的男子汉，那个人将能够给予她应有的东西！……

（随后怀着突如其来的恐惧）

假如她同意呢？……我不能忍受！没有她我会死的！……

（随后以一种忧郁的、不协调的坚强）

好吧——幸运的解脱！……那时我将有勇气去死，好吧！……这将给她自由——现在，去吧！……去问问她！……

（但当他叫她时，他的声音又一次因为把握不定而颤抖）尼娜。

尼娜　（睁开眼，镇定而冷漠地盯着他）什么事？

埃文斯　（立刻害怕、泄气——思索着）

我不能！她看我的那种眼神！她会同意的！

（结结巴巴地）我不想叫醒你，可是——内德快该到了，不是吗？

尼娜　（镇定地）我没有睡觉。（思索着，仿佛她发现很难对他全神贯注，很难正视他的存在）

这男人是我的丈夫——很难记起那个——人们将会说，他是我孩子的父亲……

（嫌恶地）

那太可耻了！然而那正是我想要的！想要的！不是现在！现在我爱内德！我不能失去他！萨姆必须同意和我离婚——我的人生已经牺牲得足够多了！他给了我什么？甚至没给我一个家——我不得不拿我父亲的家卖钱——这样我们才能够搬得离他的工作近一点儿——接着他却失去了工作！现在他正指望内德为他另找个工作！我的爱！多么厚颜无耻！……

（随后悔悟地）

哦，我不公正——可怜的萨姆不知道内德的事——是我要卖掉那地方的——我在那儿很孤独——我想离内德近一点儿……

埃文斯　（痛苦地思索着）

她在想什么？我不知道，这很可能对我是幸运的……
（当他转过身从她身边走开时，强作欢快的样子）我希望内德带来他答应替我写给环球公司经理的那封信。我又一次非常想得到那份工作。

尼娜　（怀着鄙夷的怜悯）哦，我想内德会带来那封信的，我提醒过他不要忘了。

埃文斯　我希望他们马上就有空缺，我们就有钱可用了。（垂下脑袋）当你只有那么一点钱时，我却要靠你养活，这让我觉得窝囊。

尼娜　（冷漠、但却威严地，就像家庭教师对小男孩）行了，行了！

埃文斯　（宽慰地）嗨，这是真的。（随后朝她走过去——谦恭而讨好地）你最近是不是感到好多啦，尼娜？

尼娜　（一惊——*严厉地*）为什么？

埃文斯　你看上去好多啦！你越来越胖了。（他强迫自己咧嘴笑笑。）

尼娜　（简慢地）别傻了！事实上，我没感到好多少。

埃文斯　（沮丧地思索着）

最近她一有机会就要抢白我……就好像我做的每一件事都让她反感！……
（他走到窗前，无精打采地往外望去）我原以为今天早上我们会收到查理的信，告诉我们他会不会来这儿。但我想，他依然为他母亲的去世而伤心不已，不会写信的。

尼娜　（冷漠地）他很可能不愿费事写信，直接就来了。（含糊地——惊诧地）

查理——亲爱的老查理——我也已经把他忘了……

埃文斯 我想这一次是内德的汽车。是的,车停了。我出去接他。(他迈步朝后面的门走去。)

尼娜 (在她能够抑制住冲动之前,严厉地)别出那样的洋相!

埃文斯 (停住步——困惑地、结结巴巴地)什么——怎么啦?

尼娜 (控制住自己——但恼火地)别介意,我有点紧张。(愧疚地思索着)

这一刻,我因为他在我的情人面前出那样的洋相而替他感到羞耻。下一刻,某种可恶的东西驱使我逼他出洋相!

(女仆已经听到门铃,打开了外面的门。内德·达雷尔从后面走了进来。他的脸庞显得老了,嘴唇和眼睛流露出防御性的酸楚与自我怨恨。当他看到尼娜时,这些便化作渴望与快乐。他情不自禁地直奔她而去)

尼娜!(随后,当他看见埃文斯时,猛然收住步。)

尼娜 (忘记了埃文斯,跳起来,仿佛要把达雷尔揽到自己的怀里——含情脉脉地)内德!

埃文斯 (亲切地、感激地)你好,内德!(他伸出手,达雷尔机械地握住。)

达雷尔 (努力克服愧疚与窘迫)你好,萨姆,刚才没看见你。(急忙把手伸进外衣口袋)这是那封信,免得我忘了。昨天我在电话上和阿普尔贝谈过。他很肯定地说,有一个空缺——(怀着不由自主表现出来的恩赐态度)——但你得拼命干才能让他满意。

埃文斯 (愧疚地涨红了脸——强作信心十足的口气)你放心,我当然会的!(随后感激而谦卑地)天哪,内德,我没法告诉你我多么感激!

达雷尔 （粗鲁地，以掩饰自己的窘迫）哦，住嘴！我只是太想帮你的忙了。

尼娜 （怀着近乎幸灾乐祸的轻蔑望着埃文斯——以一种打发人的简慢口气）如果你要进城，你最好去刮刮脸，行吗？

埃文斯 （愧疚地摸摸脸——强作活泼的、目标明确的神情）行，当然行。我忘了刮脸，原谅我，好吗？（这句话是对达雷尔说的。埃文斯匆匆从后面出去了。）

达雷尔 （一等到他听不见的时候——谴责地转向尼娜）你怎么能够那么对待他？这使我感到自己——像头猪！

尼娜 （愧疚地涨红了脸——抗议地）怎么对待？（随后无所谓地）最近他总是忘记刮脸。

达雷尔 你知道我是什么意思，尼娜！（转身从她身边走开——愤愤地思索着）

我变成了多么下流的说谎者！……而他对我绝对信任！……

尼娜 （惊恐地思索着）

他为什么不把我搂到他的怀里？……啊，我觉得他现在不爱我了！……他是那么怨气冲天！……

（试图就事论事）对不起，内德，我并不想发脾气，可萨姆的的确确让我心烦。

达雷尔 （愤愤地思索着）

有的时候我几乎恨她了！要不是因为她，我本来可以保持心灵平静的——近来什么都做不好，真该死！……可又傻乎乎地感到愧疚，要是萨姆不信任我该多好！……

（随后烦躁地）

废话！……感情用事，胡说八道！……结局证明手段是正确的！我敢肯定，对萨姆来说，这将是个很好的结局！为什么她不告诉萨姆她怀孕了呢？……她在等待什么？……

尼娜　　（望着他，满怀激情地思索着）

啊，我的爱人，为什么你不亲吻我？……

（恳求地）内德！不要生我的气，求求你！

达雷尔　　（挣扎着控制住自己——冷冷地）我没生气，尼娜。不过你必须承认，不夸张地说，这种三角关系的场面令人感到耻辱。（怨恨地）我决不会再到这儿来了！

尼娜　　（痛苦地叫喊一声）内德！

达雷尔　　（起初得意地思索着）

她是爱我的！……她已经忘了戈登！……我多快活呀！……我爱她吗？不！我决不！我不能——想想这对萨姆意味着什么！对我的职业生涯！在这件事上必须客观！你这个豚鼠！我是她的医生——也是萨姆的——我为他们开生孩子的处方——这就是这件事的全部！

尼娜　　（挣扎于希望与恐惧之间）

他在想什么？……他在与他的爱抗争。啊，我的爱人！……

（又一次怀着渴望）内德！

达雷尔　　（尽力装出最职业化的神情，朝她走去）你今天觉得怎么样？你看上去好像有点发烧。（他握住她的手，好像要试试她的脉搏。她的手握紧了他的手。她抬眼盯住他的脸，他的目光则一直盯着别处。）

尼娜　　（绷紧身体朝他靠过去——怀着强烈的渴望——思索着）

我爱你！……要我吧！……在这个世界上，除了你我还在乎什么！让萨姆去死吧！……

达雷尔　　（与自己斗争着——思索着）

天哪！……她肌肤的感觉！……她的裸体！躺在她怀里的那些下午！快活！我还在乎别的什么吗？让萨姆见鬼去吧！……

尼娜　　（激情迸发出来）内德！我爱你！我再也隐瞒不下去了！我不愿隐瞒了！我爱你，内德！

达雷尔　　（猛然把她搂在怀里，疯狂地吻着她）尼娜！美人！

尼娜　　（得意地——边吻边说）你爱我，是吗？说你爱我，内德！

达雷尔　　（激情奔涌地）我爱！我爱！

尼娜　　（发出一声得意的呼喊）谢天谢地！你终于告诉我了！你对自己承认了！啊，内德，你让我多么快活呀！（前门的门铃响了起来。听到铃声，达雷尔仿佛遭到电击一般。他挣脱开她的拥抱。她本能地直起身，走向右边的躺椅。）

达雷尔　　（愚钝地）门外——有人。（他跌坐到左边桌旁的椅子上。苦恼地思索着）

我说我爱她！……她赢了！……她利用了我的情欲！……但我不爱她！……我不愿意！她不能占有我的生命！

（狂暴地——几乎是对她叫喊）我不爱，尼娜！我告诉你，我不爱！

尼娜　　（女仆刚刚往前门去了）嘘！（随后得意扬扬地低语道）你爱，内德！你爱！

达雷尔　　（固执而愚钝地）我不爱！（前门被打开了。马斯登出现在后面的门口，他缓慢地、呆板地走进房间，就像一个灵魂出窍的人。他身着整洁无比的深黑丧服，脸庞因为孤独和悲伤而苍白、扭曲、憔悴。他的目光茫然，仿佛尚未从震惊中恢复，依然无法弄清楚自己遭遇了什么事。起初，他似乎没有意识到达雷尔的存在。他弓着双肩，整个身体佝偻着。）

尼娜 （思索着——怀着怪异的不祥预感与惊恐）

黑色——正当快活的时候——出现了黑色——又一次——死亡——我的父亲——出现在我与快活之间！……

（随后恢复了正常，蔑视地）

你这个愚蠢的胆小鬼！……那不过是查理！……

（随后怀着强烈的怨恨）

这个老傻瓜！不打一声招呼就来打扰我们，他这是什么意思？……

马斯登 （唇边强堆起可怜兮兮的微笑）你好，尼娜，我知道这么闯进来太过分——可是——我的情况一直糟透了，自从母亲——（他踌躇着，脸庞扭曲成一副丑陋的悲伤面具，眼里噙着泪水。）

尼娜 （立即生出同情心，冲动地站起来朝他走去）这没有什么过分的，查理，我们正盼着你呢。（她已经走到他跟前，伸出双臂搂住他。他忍不住抽泣起来，把头靠到了她的肩上。）

马斯登 （断断续续地）你不知道，尼娜——多么可怕——可怕！——

尼娜 （把他领到中间的椅子旁，抚慰地）我知道，查理。（怀着无可奈何的恼怒思索着）

唉，天哪，我能说什么？他母亲恨我——她死了我并不高兴——可我也不难过……

（带着一丝轻蔑）

可怜的查理，在妈妈的围裙上系得那么紧……

（随后和蔼却又恩赐般地安慰他）可怜的老查理！

马斯登 （她的话和口气激活了他的自尊心。他昂起头，把她半推开——怨恨地思索着）

可怜的老查理！……该死，对她来说，我算什么？……她的一条失去了母亲的老狗？……母亲恨她——不，可怜的、亲爱的母亲是那么温柔，她从不恨任何人——她只是不赞成……

（冷冷地）我很好，尼娜，我现在非常好，谢谢你。我不该这么哭闹，我道歉。

达雷尔 （从椅子上站起来——松了一口气——思索着）

感谢上帝，马斯登来了——我又感到清醒了……

（他走向马斯登——热诚地）你好吗，马斯登？（随后拍拍马斯登的肩膀，表达礼节性的慰问）我很难过，马斯登。

马斯登 （吓了一跳，惊诧地抬眼望着他）达雷尔！（随即怀着敌意）我看不出有什么值得难过的地方！（随后，当他们俩都惊奇地望着他时，他意识到自己说了什么——结结巴巴地）我的意思是——难过——几乎不是恰当的词——几乎不是——对吗？

尼娜 （担忧地）你坐下，查理，你看上去太疲倦了。（他机械地倒在房间中央的椅子上。尼娜和达雷尔回到他们各自的座位上。尼娜隔着马斯登朝达雷尔望去——得意扬扬地——思索着）

你真的是爱我的，内德！……

达雷尔 （思索着——回答她的目光——挑衅地）

我不爱你！

马斯登 （专注地盯着自己的前方。疑虑地思索着——表现出病态的

焦虑）

达雷尔！和尼娜！这间房子里有某种东西！某种令人恶心的东西！仿佛有一只毛茸茸的、野人的大手，血淋淋通红通红，扼住了我的咽喉！……人类生命的臭气！……浓烈而难闻——外面已经是四月了——颀长的树干上冒出绿芽——春天的悲哀——我失去了大自然的安宁——她的生之悲哀抚慰着我的死之悲哀——这间房子里有某种既人道又不人道的东西！……爱，和恨，和激情，和占有欲！……对我丧失亲人表现出残酷的冷漠！嘲弄我的孤独！在任何房间里对我的爱都不复存在！……这间房子里的肉欲！……那肉欲以一声令人恶心的讥笑奚落我的敏感与羞怯！……我的纯真！……纯真？哈！是的，如果你把这叫作好色的纯真！……为了一个美元，肉欲用那油亮鞋扣般的意大利眼睛向我送来秋波！

（惊恐地）

这是什么样的想法啊！……你是个多么下贱的恶棍！……你的母亲去世仅仅两星期！……我恨尼娜！这间房子里的那个达雷尔！我感觉到了他们的欲望！……萨姆在哪儿？我要告诉他！不，他不会相信的，他是个那么轻信他人的傻瓜……我必须用别的什么方式惩罚她……

（懊悔地）

什么？……惩罚尼娜？我的小尼娜？什么话呀，我希望她快活！甚至和达雷尔？一切全乱套了！我不能再想下去了！我得说出来！……忘掉！……说点什么！忘掉一切！……

（他突然滔滔不绝地讲开了）在她去世三天前——母亲问起了

你，尼娜。她说："尼娜·利兹现在在哪儿了，查理？ 她打算什么时候嫁给戈登·肖？"她已经神志不清了，可怜的女人！ 你记得吗，她一直是多么喜欢戈登。她一向喜欢看有他参加的橄榄球赛。她一向认为，戈登是那么英俊、那么优雅。她一向喜欢身体强壮、健康的人。她是那么精心地保养自己的身体，每天走好几英里路，甚至到了六十岁以后，还喜欢在夏天里游泳、划船。她这辈子从未生过一天病，直到——（他转向达雷尔——冷冷地）你是对的，达雷尔大夫。是癌症。（随后气愤地）但你叫我去看的那个大夫，还有他请来的其他人，对她的病束手无策——完全束手无策！ 我还不如从所罗门群岛偷运来几个巫医呢！ 至少，在她最后的那几个钟头里，他们可以用歌舞给她开开心，而你那些专家却完全无能为力！ （突然发出一声无礼的、刺耳的讥笑，提高了嗓门）依我看，你们这些大夫是一群该死的、愚昧的谎言家和伪君子！

尼娜 （严厉地）查理！

马斯登 （冷静下来——呻吟一声——惭愧地）别怪我，我不正常，尼娜。我经历了什么样的磨难啊！（他似乎就要哭出来——随后突然跳起来，狂野地）是这间房子！ 我受不了这间房子！ 这间房子里有某种令人厌恶的东西！

尼娜 （抚慰地）我知道这房子很丑陋，查理。我还没有机会把它布置起来呢。我们太缺钱了。

马斯登 （困惑地）哦，这房子没什么，我也很丑陋！ 萨姆在哪儿？

尼娜 （急切地）就在楼上，你上去吧，他见到你会很高兴的。

马斯登 （含糊地）好吧。（他朝门口走去，随后悲哀地停住步）可从我那一次拜访他家的情形看,他并不怎么爱他的母亲。我不认为他会理解,尼娜。他从不给母亲写信,是不是?

尼娜 (不自在地)不写 —— 我不知道。

马斯登 她似乎很孤独。有一天他会为此而遗憾的,当他母亲 ——(他把话吞了下去)好吧 ——(他出去了。)

尼娜 (突然陷入惊恐 —— 思索着)

萨姆的母亲!"让我的儿子萨米快活!"我答应过的。噢,查理为什么非得记着她呢?

(随后坚定地)

我现在不记得她了!⋯⋯我不愿意!⋯⋯我要快活!⋯⋯

达雷尔 (心神不定地努力强作轻松谈话的口气)可怜的马斯登已经方寸大乱,不是吗? (稍顿)我母亲去世时我正在外面上学,当时我已经有段时间没见到她了,所以她的去世对我来说一直很不真实,可马斯登的情况 ——

尼娜 (带着宽容的、支使人的微笑)不用担心查理,内德。查理关我什么事? 我爱你! 你也爱我!

达雷尔 (担心地,强作恼怒反驳的口气)但我不爱! 你也不爱! 你不过是被你那浪漫的想象冲昏了头脑 ——(不由自主地流露出嫉恨)—— 就像你先前和戈登·肖一样!

尼娜 (思索着)

他嫉妒戈登!⋯⋯这真是妙极了!⋯⋯

(以令人恼火的镇定)我爱过戈登。

达雷尔 (恼火地不理不顾,仿佛他不愿意听到这句话)浪漫的想象! 比所有疾病毁灭的生命都多! 我应当说,所有其他疾病! 这是一种精神病! (他猛然站起来,开始在房间里来回踱步。

心神不定地思索着）

决不能再看她一眼 —— 找个借口离开 —— 这一时刻将永远不会再现！……

（眼光看着别处，试图理智地争辩 —— 冷冷地）你的行为是愚蠢的，尼娜 —— 是很不公正的。我们达成的协议如同建造房子的合同一样与爱情毫无关系。事实上，你很清楚，我们有约在先，这种事最最重要的一点就是绝不能让爱情介入，而尽管你那么说，爱情并没有介入。（稍顿。他来回走着，她望着他。思索着）

她必须得回到现实中来！……我必须得和她一刀两断！……眼下已经够糟了！但若是继续下去！……所有我们这些人的生活都将会被弄得一团糟！……

尼娜　（温柔地思索着）

让他的自尊把一切都归罪于我吧！……我将高高兴兴地接受下来！……

达雷尔　（恼火地）当然，我知道我也有责任。我没能做到我原以为自己能够做到的那么不动情感。麻烦的是，存在着一种危险的肉体吸引力。自我第一次见到你起，我一直对你的肉体怀有欲望。现在我承认这一点。

尼娜　（温柔地笑着 —— 思索着）

啊，他承认了这一点，是吗？……可怜的宝贝！……

（引诱地）你依然对我怀有欲望，对不对，内德？

达雷尔　（一直把背对着她 —— 粗暴地）不！那一部分已经完结了！（尼娜发出轻柔的、透着占有欲的笑声。他猛然转过身面对她 —— 气愤地）听着！你打算生下你想要的孩子，是不是？

尼娜 （不为所动地）我的孩子需要父亲！

达雷尔 （朝她走近一点——绝望地）可是你疯了！你忘记了萨姆！这也许是愚蠢的，可我的良心不安！我开始觉得，我们所伤害的恰恰是那个我们曾想帮助的人！

尼娜 你也曾想帮助我，内德！

达雷尔 （结结巴巴地）这个——好吧——让我们说当时的这部分是正常的，可这必须得了结！这不能再继续下去！

尼娜 （不为所动地）现在只有你的爱能使我快活！萨姆必须和我离婚，这样我就可以嫁给你。

达雷尔 （猜疑地思索着）

当心！……就是这个！……结婚！……占有我！……毁掉我的事业！……

（轻蔑地）结婚？你以为我是傻瓜吗？赶快把这个念头从你的脑袋里驱赶走！我不会和任何人结婚——不管什么人！（当她继续冷漠而坚定地盯着他时——恳求地）看在上帝分上，放明白点儿！我们彼此完全不般配！我不赞赏你的性格！我不敬重你！我对你的过去了解得太多了！（随后愤慨地）萨姆怎么办？和他离婚？你把他母亲告诉你的一切都忘了吗？你的意思是说你故意——？你指望我——？你以为我是什么人？

尼娜 （坚定不移地）你是我的情人！其他的一切都无关紧要。是的，我记得萨姆的母亲说的话。她说："快快活活的吧，这是我们所能够认识到的最正确的方式！"我要快活！到现在为止，我已经失去了生活中的一切，因为我没有勇气去获取这一切——我已经伤害了我周围所有的人。试图为他人着想是没有用的。一个人不能为另一个人着想，这是不可能的。

（温柔、抚慰地）但这一次我要考虑我自己的快活 —— 这意味着你 —— 和我们的孩子！这足够一个人考虑的了，亲爱的，不是吗？（她伸出手抓住他的手。稍顿。她用另一只手缓缓把他拉转过身，直到他不得不正视她的目光。）

达雷尔　（神魂颠倒地思索着）

我在她的眼里看到了我的快活 —— 她肌肤的温柔感觉！那些下午 —— 天哪，我多么快活！

（以一种怪异的恍惚口气 —— 仿佛有某种比他的意志力更加强大的冲动逼他说出来）是的，尼娜。

尼娜　（口气坚定地）我的人生奉献给萨姆的已经足够多了！而这并没有使他快活，一点也没有！所以，这有什么用？我们又怎么能够真正知道，他以为我们的孩子是他的会对他有好处？我们不能！全是猜测。唯一确定的事情是我们相爱了。

达雷尔　（恍惚地）是的。（门厅传来声音，埃文斯从后面进来了。他看到他们的手握在一起，但误解了他们的意思。）

埃文斯　（友好地 —— 带着做作的自信神情）喂，大夫，病人怎么样？我认为她好多了，你看呢 —— 尽管她不愿承认。

达雷尔　（一听到埃文斯的声音便把手从尼娜手中抽了出来，仿佛那是块热炭 —— 急急地、窘迫地从她身边退开，避开埃文斯的眼睛）是的，好多了。

埃文斯　太好了！（他拍拍尼娜的后背，尼娜躲开了。他的自信转瞬之间消失了。痛苦地思索着）

她为什么躲开？……即使我不过碰了碰她？……

尼娜　（平淡地）我得去看看午饭准备得怎么样了。你当然会留下来的，内德？

达雷尔 （内心斗争着——虚弱地）不，我看我还是——（绝望地思索着）

必须得走！……不能走！……必须得走！

埃文斯 噢，留下吧，老伙计！

尼娜 （思索着）

他必须留下——午饭后我们就告诉萨姆……

（把握十足地）他会留下的。（意味深长地）午饭后我们将和你做一次长谈，萨姆——是吧，内德？（达雷尔没有回答。她从右边出去了。）

埃文斯 （含含糊糊地没话找话）我让查理躺下了，他累坏了，可怜的家伙。（随后试探着转向目光一直避开自己的达雷尔）尼娜是什么意思，你们要和我做一次长谈？或者有什么秘密吗，内德？

达雷尔 （抑制住歇斯底里大笑的冲动）秘密？是的，当然是件秘密！（他跌坐在左边的椅子上，依然把脸转向别处。他怨愤而绝望地思索着，就像一个走投无路的逃犯）

这太可怕了！萨姆还以为我是世界上最好的人——而我却对他做出那种事！仿佛他还没有受够似的！生来就遭受诅咒！我毁了他——一个医生——天杀的！我能够看到他的结局！永远不能宽恕自己！……永远忘不了！……打垮了我！……毁了我的事业！……

（更加绝望地）

必须得制止这件事！趁着还有时间！她说，午饭后，谈话，她打算告诉他，那意味着杀了他，然后她和我结婚！

（渐渐变得气愤）

上帝做证，我不能！……她会找到我！微笑！……把我带到她要我去的地方！……随后，她对他多么残酷，也会对我多么残酷！……爱我？她说谎！……她依然爱着戈登！她的胴体是个陷阱！我已经落入陷阱了！她抓住我的手，她的眼睛勾住我的眼睛，我丧失了意志力！……

（狂怒地）

上帝做证，不能让她那么耍弄我！我要离开，到别的什么地方去！去欧洲！做研究！在工作中忘掉她！在船扬帆远航之前藏起来，叫她抓不住我！

（此时他处于一种怪异的兴奋之中）

现在就走！不！必须得把她对付萨姆的计划破坏掉！上帝做证，我知道该怎么做了！把孩子的事告诉萨姆！那样就能制止她！当她知道是我告诉萨姆的，她就会明白没有希望了！她就会跟定萨姆了！……可怜的尼娜！对不起！她的确是爱我的！见鬼！她会忘掉的！她将得到她的孩子！她将会快活的！萨姆也会快活的！

（他突然转向一直盯看着自己的萨姆，为难地——悄声说）听着，萨姆，我不能留下吃午饭，我没时间了，我有数不清的事情要做。几天后我要乘船去欧洲。

埃文斯 （吃了一惊）你要乘船走？

达雷尔 （极为慌张地）是的——到那边去做一年左右的研究。我还没有告诉任何人呢。今天我来这儿是告别的。你不可能再找到我了，我要出城去探望别人。（随后兴奋地）现在告诉你那个秘密！这件事会让你非常快活的，萨姆。我知道你是多么急切地盼望着，所以，尽管尼娜会对我大为光火，我还是要告诉你。她把这件事瞒着你，是想在她自己认为适当的时候让你大吃一惊——（更加兴奋）——但我很自私，想在动身之前看到你快活的样子！

埃文斯 （不敢相信自己所希望的——结结巴巴地）是什么——是什么，内德？

达雷尔 （拍拍他的后背——怪异而愉快地）你要做父亲了，老伙计，这就是那个秘密！（随后，当大喜过望的埃文斯张口结舌地盯着他时，他急急忙忙地讲下去）现在我得赶快走了，一年左右之后再见吧。我已经向尼娜道过别了。再见，萨姆。（他拉起他的手，握了握）祝你好运！现在，全力以赴工作吧！你有那种素质！我盼着当我回来时看到你正走在通向成功的大道上！告诉尼娜，我期望看到你们俩都在你们的孩子身上找到快活——告诉她，是期望你们俩！——在你们的孩子身上找到快活！把这句话告诉她，萨姆！（他转身朝门口走去，边走边思索）

终于干成了！体面地！我自由了！

（他出去了——然后走出前门——片刻之后传来他的汽车发动的声音——声音渐渐消失。）

埃文斯 （依然处于快活而恍惚的状态之中，张口结舌地盯着他的背影——咕哝着）谢谢你——内德。（思绪混乱地思索着）

我为什么怀疑自己！现在她是爱我的。她一向爱我。我一直是个傻瓜——

（他突然双膝跪地）

啊，上帝，我感谢你！

（尼娜从厨房进来了。看到他跪在地上，她惊诧地停住步。他跳起来，自信而快活地搂住她，吻她）啊，尼娜，我多么爱你呀！现在我

139

知道你是爱我的！我将再也不惧怕任何事情！

尼娜 （不知所措、惊恐万状,软弱无力地试图把他推开——思索着）难道他,难道他疯了?

（声音微弱地）萨姆！你怎么了,萨姆?

埃文斯 （温柔地）内德告诉我了——那个秘密——我多么快活呀,亲爱的！（他又吻了吻她。）

尼娜 （结结巴巴地）内德告诉你——什么?

埃文斯 （温柔地）告诉我我们要有孩子了呀,亲爱的。你千万别生他的气。你为什么要把这件事对我保密呢? 难道你不知道这会使我多么快活吗,尼娜?

尼娜 他告诉你我们——我们——你,是父亲——?（突然从他怀里挣脱开——狂乱地）内德！内德哪儿去了?

埃文斯 几分钟之前他离开了。

尼娜 （茫然地）离开了? 把他叫回来,午饭准备好了。

埃文斯 他走了,他不能留下。他上船之前有那么多事情要准备。

尼娜 上船?

埃文斯 难道他没有告诉你,他要乘船去欧洲吗? 他要到那边去做一年左右的研究。

尼娜 一年左右?（狂乱地）我得去给他打电话！不,我马上进城去见他！（她步履蹒跚地朝门口走去,极为痛苦地思索着）走！去见他！找到他！我的情人！

埃文斯 恐怕他不在城里了。他说,我们是无法找到他的,因为他上船之前要出城去拜访朋友。（关切地）怎么,你有什么要紧事非得见他不可吗,尼娜? 也许我可以找到——

尼娜 （结结巴巴地、犹疑地）不。（努力压抑住一声歇斯底里的大笑）不，没什么——没什么要紧事——什么要紧事也没有——哈——！（压抑住另一声大笑——随后几乎昏厥过去，虚弱地）萨姆！扶我一把——

埃文斯 （冲到她跟前，把她扶到右边的沙发上）可怜的宝贝！躺下休息休息吧。（她坐着一动不动，呆呆地盯着前方。他揉搓着她的手腕）可怜的宝贝！（兴高采烈地思索着）

她的身体状况——这种虚弱是由于她的身体状况！……

尼娜 （极为痛苦地思索着）

内德不爱我！他走了！永远地离开了！就像戈登！不，不像戈登！像个懦夫，像个胆小鬼！骗子！哦，我恨他！啊，上帝母亲啊，请允许我恨他！他肯定是早有预谋的！今天当他说他爱我时，他肯定已经想好了！

（发疯般地思索着）

我受不了这个！他以为他一劳永逸地把我推给了萨姆！把他的孩子！他不能这么做！我要向萨姆揭穿他的谎言！我要让萨姆恨他！我要让萨姆杀了他！我将答应萨姆，只要他杀了内德，我就会爱他的！

（突然转向埃文斯——恶狠狠地）他对你说谎！

埃文斯 （松开她的手腕——震惊——结结巴巴地）你的意思是——内德说了假话——？

尼娜 （以同样的口气）内德对你说谎！

埃文斯 （结结巴巴地）你不是——不是要生孩子了——

尼娜 （恶狠狠地）哦，是！哦，是，我是要生孩子！无论什么都不能阻止我生孩子！但你不是——你不是——我的意思

是，你……（极为痛苦地思索着）

我没法对他说出来！没有内德帮助我，我没法告诉他！我不能够！看看他的脸！……哦，可怜的萨米！可怜的小男孩！可怜的小男孩！

（她捧住他的头，搂到自己的胸前，哭了起来。哭泣着）我本来不想让你知道的，萨米。

埃文斯 （随即再次快活到顶点——温柔地）为什么？难道你不希望我快活吗，尼娜？

尼娜 希望——希望，我当然希望，萨米。（怪异地思索着）

小男孩！小男孩！一个人生下来这些小男孩！不是要把他们逼疯，不是要杀死他们！

埃文斯 （思索着）

她以前从没叫过我萨米，有人曾经这么叫我。哦，是的，是母亲……

（温柔地、孩子气地）从现在起，我会让你快活的，尼娜。听我说，内德告诉我的那一刻，我发生了某种变化！我无法解释，但是——现在，我会成功的，尼娜！我知道，以前我也这么讲过，但那只是说大话，只是试图让自己那么想。然而，现在我这么说的时候，我知道我能够做到！（柔声地）这是因为我们要有孩子了，尼娜。我以前就知道，没有孩子，你永远不会真心爱我的。这就是你刚才进来时我跪在地上的缘故。我在感谢上帝——为我们的孩子！

尼娜 （声音发颤）萨米！可怜的孩子！

埃文斯 内德说，他期望当他回来时，看到我们俩——在我们的孩子身上找到快活。他说他对你这样讲过的。你会快活的，对吗，尼娜？

尼娜 （沮丧而疲惫地）我会努力使你快活的，萨米。（他吻了吻她，随后把头埋到她的胸脯上。她越过他的头盯着前方，似乎变老了。她思索着，仿佛在重复心灵深处某个生命说出的话）

不是内德的孩子！不是萨姆的孩子！是我的孩子！听听！又一次！我感觉到我活生生的孩子，在我的生命中运动。我的生命在我孩子的生命中运动。我做梦时从这潮流中吸气，又把我的梦呼出去还给这潮流。上帝是母亲……

（随后突然满怀痛苦）

啊，那些下午，我的情人，和你一起度过的那些珍贵的、妙不可言的、爱情的下午。你失踪了，你永远地离我而去了！

〔幕落〕

下部

第 六 幕

景：同上一幕——一年稍过不久之后的一个晚上。房间里发生了显著的变化，具有一种温馨的家庭氛围，仿佛此刻这房间的主人才真正是应当在里面居住的那一类人。房间里洋溢着成功人士谦逊而自豪的气息。

〔晚餐后不久——八点左右。埃文斯坐在左边的桌旁，浏览着一份报纸的标题，这儿读读，那儿看看。尼娜坐在中间的椅子上，编织着一件婴儿毛衣。马斯登坐在右边的长沙发上，手里捧着一本书，装出读书的样子，但却好奇地窥视着埃文斯和尼娜。

〔埃文斯发生了令人惊异的变化。他比以前粗胖了，原先那种自惭形秽、焦虑不安的憔悴神情消失了，面庞圆润而健康，充溢着满足感。更为引人注目的是，他的神态果断而稳重，表现出一种向着自信能够达到的目标前进的决心。他成熟了，找到了自己在这个世界上的位置。

〔尼娜的变化同样显而易见。她看上去显然老多了,脸庞上往昔痛苦的痕迹清晰可见,但也流露出现时的满足与平静。

〔马斯登老了许多,头发花白,表情中那种深深的痛楚正渐渐演变为幽怨的无可奈何。他身着整洁无比的深色花呢服装。

尼娜 （思索着）

不知道宝宝的房间里会不会有风？也许我最好把窗户关上？哦,我想大概没关系。他需要很多很多的新鲜空气。小戈登,他的确让我回想起戈登。他眼睛里的某种东西,是我浪漫的想象吗？内德那么说过,为什么内德从没写过信？他还是不写为好,他是怎么折磨我的呀！但我宽恕了他,是他给了我我的宝宝。宝宝长得确实不像他。人人都说他像萨姆。多么荒谬啊！可萨姆是个出色的父亲,在过去的一年里他变成了一个新人,而我帮助了他。他事事都要问我。现在我真心实意地敬重他,我可以毫无反感地把自己给他,我使他快活。我写信告诉他母亲,说我使他快活,能够在信里这样对她说,让我感到骄傲。事情的结局多么古怪呀！一切圆满。我不觉得自己坏,我感觉很好……

（她怪异地笑了笑。）

马斯登 （思索着）

这是什么样的变化呀！上一次我来这儿时,空气中带着毒素。达雷尔,我敢肯定他是她的情人。但我当时处于一种病态。为什么达雷尔要逃走？假如尼娜真的爱达雷尔,她可以迫使萨姆和自己离婚！那么说,显然她不可能爱上了他,而她将要生下萨姆的孩子。达雷尔的爱肯定看起来靠不住,所以她把他打发走了,肯定是那样……

(怀着满足感)

是的,现在我弄明白了……

(怀着轻蔑与怜悯)

可怜的达雷尔!在慕尼黑碰上他时,我并不喜欢他,可我真觉得他可怜,他行为放荡,神色绝望……

(随后忧郁地)

我的逃避和他的逃避效果差不多,仿佛一个人可以把记忆抛在脑后!我不能忘记母亲!她的幽灵随我走遍欧洲的每一个城市……

(随后恼火地)

我必须回到工作上去!一年多了,一行字都没写!我的读者会把我忘了!昨天我想出了一段情节,我的头脑又开始转动了。我开始忘却过去,谢天谢地!

(随后懊悔地)

不,我不想忘记你,母亲!但让我铭记,毫无痛苦地!

埃文斯 (翻了一页报纸)这个国家前所未有的最繁荣时期即将到来,要么就是我猜错了,尼娜。

尼娜 (极为严肃地)你这么认为吗,萨米?

埃文斯 (坚定地)对此我坚信不疑。

尼娜 (怀着母亲般的骄傲与兴致)

亲爱的萨姆,我还不能完全信任这个充满自信的生意人,但我得承认他已经表现出才干。他要求更多的钱,他们想也不想便给了他。他们急于留住他。他们应当这样做。他干得多么卖力呀！为了我和我的宝宝！

埃文斯 （一直隔着报纸偷窥马斯登）

查理的母亲肯定积攒起了五十万。他会把这些政府债券一直放到发霉腐烂，要是我提出请他支持我，不知他会怎么回答？他一向怀着友好的关注，哦，不管怎么样，这值得试一试。他将是个很容易操纵的合伙人……

马斯登 （惊诧地盯着埃文斯）

萨姆的变化有多大呀！我更喜欢先前的萨姆，庸碌无为，但具有敏感的特性。现在的他很鲁莽，有一点成就，哦，他当然会成功的。他这种人正在接管这个地球，贪婪地攫取，从他们毫无味觉的食管中吞食下去！他很快活！真的很快活！他拥有尼娜，有一个漂亮的孩子，有一个舒适的家，没有悲哀，没有伤心的回忆。而我什么都没有！只有无穷无尽的孤独！

（怀着悲哀的自我怜悯）

假如母亲还活着该有多好啊！我是多么想念她呀！我那冷冷清清的家，现在谁来为我管家呀？必须有富于同情心的人来为我管家，否则我无法工作。我得写信给珍妮，也许她非常乐意……

（转向尼娜）我想，我该给我在加州的妹妹写信，请她来和我同住。她的小女儿已经出嫁了，现在她是一个人，又没有多少钱。而在与她分享遗产这件事上，我的手被捆住了。按照母亲的遗嘱，只要我给她一文钱，我就将丧失继承权。母亲对珍妮的婚姻始终耿耿于怀，在某种程度上，她是对的。珍妮的丈夫不怎么样——没有门第、没有地位、没有能力——

我想，她和他在一起时未必快活。（嘲讽地）这就是那种爱情婚姻！

尼娜 （笑着——戏谑地）你永远不会陷入因爱情而结婚的危险，是不是，查理？

马斯登 （畏缩——思索着）

她不相信会有哪个女人爱上我！

（尖刻地）我敢保证，我自己永远不会做那种傻瓜，尼娜！

尼娜 （戏谑地）呸！你不就是个自命不凡的单身汉吗！我看不出这有什么值得如此骄傲的！你只不过是在逃避，查理！

马斯登 （畏缩，却又强作戏谑的神情）你是我唯一的真爱，尼娜。当你把我撇到一边、投入萨姆的怀抱时，我发誓永远做单身汉！

埃文斯 （听到这最后一句话——开玩笑地）嗨！这是怎么回事？我从来不知道你是我可恨的情敌，查理！

马斯登 （干涩地）噢——你真的不知道吗？（但埃文斯已经回头看报纸去了。怒冲冲地思索着）

这也是个傻瓜！他拿这个开玩笑！好像我是这世界上他能想到的最后一个人……

尼娜 （戏谑地）好吧，查理，假如我有责任，我感到我应当做点儿什么。我将为你挑选一个妻子——保证般配！她必须至少比你大十岁，高大、稳重、娴静，而且是个出色的厨师和管家……

马斯登 （厉声地）别说傻话了！（气恼地思索着）

她竟挑选那么大年龄的女人！她从没想到这与性爱有关！

尼娜 （安抚地——看到他真的生气了）哎，我不过是在挑选一种我认为对你——和你的工作——都有好处的类型，查理。

马斯登 （讥讽地——带着意味深长的腔调）你没有提及贞洁。我不尊重那些不自重的女人！

尼娜 （思索着——被刺痛）

他想到了医院里的那些男人。我真傻，为什么要把那些事告诉他！

（尖刻地）哦，那么你以为你应当得到一个纯真的处女！

马斯登 （冷冷地——压抑住自己的气愤）不要谈我了，好吗？（用挑衅而恶毒的目光看着她）我告诉过你我在慕尼黑遇上达雷尔大夫了吗？

尼娜 （吃了一惊——惊恐而慌乱地思索着）

内德！他看到了内德！为什么以前他没有告诉我？为什么他那样看着我？他怀疑？

（试图保持镇定，但结结巴巴地）你看到了——内德？

马斯登 （怀着歹毒的满足感）

这下击中要害了！看看她！愧疚！那么那天我是对的！

（漫不经心地）是的，我碰巧遇上了他。

尼娜 （此刻更镇定了）究竟为什么以前你没有告诉我们，查理？

马斯登 （冷冷地）为什么？这是多么重要的消息吗？你知道他在那儿，不是吗？我还以为他给你写过信呢。

埃文斯 （从报纸上抬起头来——关切地）那个老伙计怎么样了？

马斯登 （恶毒地）他似乎很兴奋——说他正享受着快乐时光。我看到他时，他正和一个美貌惊人的女人在一起——美极了，假如你喜欢那种类型的话。依我看，他们是住在一起的。

尼娜 （再也压抑不住——发作）我不相信！（随即控制住自己，强笑一声）我的意思是，内德一向那么处世严谨，很难想象他会卷到那种乱七八糟的事情当中。（处于一种嫉妒而困惑的奇特心态之中，思索着）

很难想象！我的情人！噢，又是痛苦！为什么？现在我不爱他。当心！查理在盯着我呢……

马斯登　（思索着——嫉妒地）

那么她的确爱过他！现在她还爱吗？

（企盼地）

或者只是恼火吧？没有哪个女人愿意失去男人，即使是当她已经不再爱他的时候……

（怀着恶意追问）为什么很难想象，尼娜？我从没觉得达雷尔是个加勒哈德[①]。话说回来，为什么他不应该有个情妇呢？（意味深长地）他在这儿又没有什么牵挂，非得忠贞不贰不可，不是吗？

尼娜　（内心斗争着——可怜兮兮地思索着）

他是对的，为什么内德不应该？就是因为这个他从不写信来吗？

（轻松地）我不知道他有没有什么牵挂，哪怕他有五十个情妇，对我也无所谓。依我看，他跟你们其余的人没什么两样。

埃文斯　（抬着头望着她——温和地责备）这是不公正的，尼娜。

（自豪地思索着）

我为此而自豪，在她之前从没跟任何人……

尼娜　（望着他——怀着真挚的感激）我不是指你，亲爱的。（思索

[①] 亚瑟王传奇中的圣洁骑士。

着 —— 自豪地)

为了萨米我感谢上帝! 我知道他是我的, 没有嫉妒, 没有恐惧, 没有痛苦, 我找到了安宁……

(随后心烦意乱地)

噢, 内德, 为什么你不写信? 不要! 我是个什么样的傻瓜呀! 对我来说内德已经死了! 噢, 我恨查理! 为什么他要告诉我?

马斯登 (望着埃文斯 —— 倨傲地思索着)

萨姆真是一个可怜的大傻瓜! 夸耀自己的贞洁! 好像女人们会为了这个而爱你。她们瞧不上这个! 我可不想让尼娜认为我从没有过和女人在一起的经历……

(嘲弄地)那么说萨姆才是加勒哈德喽, 嗯? 真的, 尼娜, 你应该把他放到博物馆里那些史前哺乳动物中间去!

埃文斯 (感到开心 —— 戏谑地回敬他)哦, 我从来没有你那些机会。查理! 我不可能跑到欧洲去, 像你那样杀了人跑掉!

马斯登 (傻乎乎地感到开心 —— 既承认又否认)哦, 我可没有那么坏, 萨姆! (鄙视自己, 感到惭愧 —— 思索着)

我是一头可怜的、有病的蠢驴! 我想要让他们以为我一直是个唐璜①! 多么可怜、多么可恶! 即使我能够有个情妇, 我也不愿意要! 即使我能够! 我当然能够! 我只不过是坚决不肯自贬身份罢了!

尼娜 (思索着 —— 痛苦不堪地)

想想那个女人! 和她在一起的那些夜晚里, 内德忘记了我们

---

① 西班牙传奇中的风流浪荡子。

的那些下午！别想这些了！我不会听任这些想法摆布的！
为什么查理要伤我的心呢？他嫉妒内德吗？查理一直以他那
种奇特的方式爱着我，多么荒谬啊！瞧瞧他！被人以为是个
唐璜，他就那么骄傲！我敢肯定，除了他母亲，他从来没敢
吻过任何一个女人！

(嘲弄地)你一定要给我们讲讲你在国外各个地方的各种各样
的情妇，查理！

马斯登　　(此时慌乱地)我——我真的记不起来了，尼娜！

尼娜　　唉，你是我所听说过的最无情无义的人，查理！甚至一
个也记不起来了！我想，还有那些小马斯登们——你把他
们也忘得一干二净了吧！(她恶毒地笑起来——埃文斯也跟她
笑。)

马斯登　　(更加不知所措——装出白痴般的傻笑)这个我不能说，
尼娜。精明的父亲认识自己的孩子，这你是知道的！

尼娜　　(惊恐地——思索着)

他这是什么意思？他也怀疑我的宝宝吗？我对查理一定得多
加提防！

埃文斯　　(再次从报纸上抬起头来)内德提到过回国的事了吗？

尼娜　　(思索着——向往地)

回国？啊，内德，我多么盼望！

马斯登　　(望着她——意味深长地)不，他没提。依我看，他要在
那边无限期地待下去。

埃文斯　　我真的很想再见到他。

尼娜　　(思索着)

他把我忘了，即使他真的回来了，他也很可能躲着我。

马斯登　　他提到了你。他问我是否听说尼娜生孩子了。我告诉他我没听说。

埃文斯　　(由衷地)你不知道,这真太糟了。你本来可以告诉他,我们有了一个多么出色的孩子! 对吧,尼娜?

尼娜　　(呆板地)是的。(快活地 —— 思索着)

内德问起我的宝宝! 那么他没有忘记! 假如他回来,他会来看他的宝宝的!

埃文斯　　(关切地)是不是又该给他喂奶了?

尼娜　　(不由自主地站起来)是的,我现在就去。(她瞥了一眼马斯登,狡诈地思索着)

我必须再把查理争取过来,我觉得不安全……

(她在他的椅子旁停住步,握住他的手,温柔地、责怪地盯住他的眼睛。)

马斯登　　(羞愧地思索着)

为什么我一直试图伤她的心? 我的尼娜! 我跟她比任何人都更亲近! 为了让她快活,我愿意献出我的生命!

尼娜　　(得意扬扬地)

他的手抖得多么厉害呀! 我真是个傻瓜,居然害怕查理! 我一向能够让他由我任意摆布!

(她用手捋着他的头发,说起话来像是以开玩笑的口气遮掩刺伤人心的责难)你知道吗,当你实际上已经承认你在欧洲到处拈花惹草时,我就不应该再喜欢你了! 而我本来以为,你是绝对忠诚于我的,查理!

马斯登　　(开心极了,几乎不相信自己的耳朵)

那么她确实相信我的话! 她真的伤心了! 但我不能让她

以为……

(热情洋溢、诚心诚意地双手紧握住她的手,盯住她的眼睛)不,尼娜! 我向你发誓!

尼娜 (思索着——冷酷地)

呸! 他的手多么软弱无力! 他的眼睛多么怯懦无神! 他有可能爱我吗? 像那样? 多么令人恶心的念头啊! 不知怎么地,似乎像是乱伦! 不,这太荒唐了!

(微笑着,轻轻抽出她的手)好吧,我宽恕你,查理。(随后语气平淡地)请原谅,我得上楼给我的宝宝喂奶,要不我们马上就会听见他的哭闹声。(她转过身去,随后又冲动地转回来,情真意切地亲吻马斯登)你知道吗,你是个可爱的老家伙,查理? 没有你,我不知道该怎么办! (思索着)

这也是真的! 他是我唯一可信赖的朋友,我决不能失去他,决不能让他怀疑小戈登……

(她转身要走。)

埃文斯 (跳起来,把报纸扔到一边)等一下,我和你一起去,我要去对儿子说晚安。(他走过去,伸出胳膊揽住她的腰肢,吻了吻她,他们一起走了出去。)

马斯登 (激动地思索着)

我差点对她承认我爱过她! 她脸上浮现出古怪的表情,是什么呢? 是满足吗? 是她不在乎? 是快乐吗? 那么我还有希望?

(随后痛苦地)

希望什么呢? 我想要什么呢? 假如尼娜是自由的,那我怎么办? 我会做出什么事吗? 我会盼着? 我能向她奉献什么呢？钱吗？她能够从其他人那儿得到钱……我自己？

（酸楚地）

这算什么奉献呀！我丑陋的躯体，我身上没有任何吸引她的地方……我的声誉？天哪，那是什么样的赝品呀，真可怜！但我本来可能干成某件大事，我依然可能，假如我有勇气写出真正的现实，可我天生胆小，怕我自己，我用我的天赋去哄着傻瓜们对自己满意，从而让他们对我也满意，喜欢我，没人爱我也没人恨我，喜欢我，女人们喜欢我，尼娜喜欢我！

（怨恨地）

她不由自主把真话说出来了！"你知道吗，你是个可爱的老家伙，查理？"噢，是的，我知道，知道得太清楚了！亲爱的老查理！

（极为痛苦地）

亲爱的老伙计，讨人喜欢的老狗，他跟我们许多年了，他是那么钟情、那么忠诚，但他越来越衰老了，越来越爱发火，我们不得不早点把他甩掉！

（莫名其妙地发怒，恫吓地）

然而，你别想那么轻而易举地甩掉我，尼娜！

（随后困惑而羞愧地）

天哪，我这是怎么了？自从母亲去世之后，我变成了一个不折不扣的白痴！

埃文斯　（从右边返回来，脸上浮现出父亲的骄傲笑容）他睡得那么香，就是地震也吵不醒他！（他坐回到自己的椅子上——热切地）真的，他健康而强壮，查理。这比什么都让我高兴。我打算待他一够年龄就开始训练他——这样他上大学时将成为一流的运动健将——这正是我想要做而没能做成的,我要让他不辱没戈登这个名字,而且,如果有可能的话,成为比戈登更耀眼的体育明星。

马斯登 （怀着某种怜悯——思索着）

他的头脑十分幼稚,他永远也长不大。嘿,在这个幼稚的国家里,他还能指望得到什么更好的恩赐吗?

（强作笑容）那么如何训练他的头脑呢?

埃文斯 （信心十足地）哦,那用不着别人操心。戈登在学业上一直名列前茅,不是吗? 再加上有尼娜这个母亲,这个戈登的同名者肯定继承了他全部的智慧。

马斯登 （饶有兴致地）你是我所知道的唯一一个真正谦虚的人,萨姆!

埃文斯 （窘迫地）哦——我——我是这个家庭中的笨瓜。（随后急匆匆地）只有在生意上例外。我会赚大钱的。（信心十足地）你可以用你的美好生活打赌,我会赚大钱的!

马斯登 这一点我坚信不疑。

埃文斯 （极为严肃地——以信任的口气）两年前我不可能说这种话——也不相信。我已经整个地改变了! 自从宝宝出生后,我感到自己的双臂仿佛注射了海洛因,怎么拼命工作都不够快。（他咧嘴笑笑——随后严肃地）该是我把握住自己的时候了。在那些日子里,我一直待在家里,实在没做出什么让尼娜感到骄傲的事。现在——这个嘛——至少我变好了。我不再害怕自己的影子了。

马斯登 （怪异地思索着）

不再害怕自己的影子! 这肯定是上天赐予的最高境界的幸福!

159

（恭维地）是的，你在过去的一年里干出了奇迹。

埃文斯　哦，我还没有起步呢。等到我抓住自己机会的时候吧！

（机敏地扫视着马斯登，打定主意，信任地朝他俯过身去）我看到了我真正的机会，查理——就在眼前，等待着我去抓住它——一家经营不善、获准关闭的公司。不出一年，他们将会把公司低价盘出。他们中有一个人是我的好朋友，他私下里把这个消息告诉了我。他本想自己接手这公司，可这个行业他做够了。但是，我没有做够！我热爱这行业！太有乐趣了！（随后抑制住滔滔不绝的话语——平淡地）但我需要十万美元——我到哪儿去搞这笔钱呢？（急切地望着马斯登，不过仍装出开玩笑的口气）不论你能提出什么建议，查理，我都将满怀感激地接受。

马斯登　（猜疑地思索着）

他真的以为我——？十万美元，竟然十万美元！超过我全部财产的五分之一，天哪，我必须得对这种痴心妄想大泼冷水！

（简慢地）不，萨姆，我想不出什么人，对不起。

埃文斯　（一点信心也没有丧失——咧嘴一笑）

碰壁了！就是这样！查理退出了，直到下一次！但我仍要盯住他！

（骄傲地研究着自己）

哎呀，我整个地改变了！记得先前这样一种拒绝会让我在六个月之内一点自信都没有。

（由衷地）没什么对不起的，老伙计。我提到这个，只是想碰碰运气，也许你知道什么人。（做最后的大胆努力——开玩笑地）为什么你不能做我的合伙人，查理？那十万美元没关系，我

们会在别处弄到的，我敢说，你会贡献出很有创新性的绝妙主意来。(思索着——心满意足)

好极了！这将把我的提议深深印在他的头脑里！

(随后跳起来——兴致勃勃地)到岸边去走一圈再回来，你看怎么样？去吧——这对你有好处。(抓住他的胳膊，亲热地把他朝门口拖去)你需要的是运动，你就像灰泥那样柔软。为什么你不打高尔夫球呢？

马斯登 （突然反抗，挣脱开——坚决地）不，我不去，萨姆。我要构思一个新的情节。

埃文斯 哦，好吧。如果是工作上的事，那就干吧！回头见。(他走了出去。片刻之后传来关前门的声音。)

马斯登 （望着他的背影，恼怒中掺杂着蔑视与兴致）

他开启了一个什么样的毫无意义的精力之源泉啊！一直忙个不停，典型的、可怕的时代之子。世界通用的口号，继续前进，往哪儿前进？不要管这个，不要考虑目的，手段就是目的，继续前进！

(他轻蔑地笑起来，坐到埃文斯的椅子上，捡起报纸，面带讥笑地浏览着)

在这每日更新的《圣经》上，每一条标题中都有它，向前走，向前走，不要管过去，我们不会活着看到，不管怎么说，我们将极为富有，我们能够用钱把洪水截住！甚至我们的新上帝也有他的价钱！必须有！我们不就是按照他的形象创造出来的吗？或者正相反？

(他又笑了起来，鄙夷地扔开报纸——随后酸楚地)

但为什么我这么傲慢呢？我要走到哪儿去？走向那同一个乌

有之乡！更糟糕！我没有向前走！我就停在那儿！

（他怀着酸楚与自我怜悯笑起来 —— 随后饶有兴致地、好奇地思索着）

成为萨姆的合伙人？多么怪诞的念头！至少，这可以唤起我的自我幽默感，我是他必然的帮助者，我帮他得到尼娜，必然的合伙人，在尼娜身上合伙？多么愚蠢的想法啊！

（叹了口气）

今晚是想不出那个情节了，我还是读读书吧……

（他在长沙发上看到他刚才一直在读的书，起身过去拿书。前门传来了门铃声。马斯登犹豫不决地朝那边转过身去。稍顿。随后楼上传来尼娜的喊声。）

尼娜　　女仆出去了。你去开门可以吗，查理？

马斯登　　当然可以。（他走了出去，打开前门。稍顿。随后传来他充满怨恨的说话声）你好，达雷尔。（接着有人回答"你好，马斯登"。那人走进门，门关上了。）

尼娜　　（从楼上传来她怪异而兴奋的声音）是谁呀，马斯登？

达雷尔　　（出现在门厅，站在门对面的楼梯脚下 —— 由于情感的压抑，他的嗓音微微颤抖着）是我，尼娜 —— 内德·达雷尔。

尼娜　　（高兴地大叫一声）内德！（此后她的声音表明她正在努力控制自己，并且此刻她很惊恐）我 —— 你随便坐，我就下来 —— 一两分钟之后。（达雷尔依然站着，欢快而出神地仰脸望着楼梯。马斯登则盯着他。）

马斯登　　（厉声地）进来坐下吧。（达雷尔一惊，走进房间，显然正在努力控制自己。马斯登跟在他后面，敌视而怀疑地瞪眼盯着他的后背。达雷尔尽量远远地躲开他，坐到了右边的沙发上。马斯登坐到桌旁埃文斯的椅子上。达雷尔苍白而消瘦，神色紧张，面带病容。他脸上一道道皱纹里透出绝望，放荡的无眠之夜在那双焦灼、饱受折磨的眼睛周围留下肿胀的阴影。他的衣着很随便，近乎寒酸。他来回扫视着房间，贪婪地要把一切看到眼里去。）

达雷尔 （思绪混乱地思索着）

又来到这儿了！梦见这幢房子，从这儿逃走，我回来了。轮到我快活了！

马斯登 （望着他——恶狠狠地）

现在我明白了！绝对明白了！他的脸色！她说话的声音！他们以前的确相爱过！他们现在也相爱！

（厉声地）你是什么时候从欧洲回来的？

达雷尔 （简洁地）今天早晨，乘"奥林匹克号"。（思索着——谨慎地）

得当心这个家伙，总是跟我过不去，活像个女人，觉察出爱情，以前他就怀疑过……

（随后勇敢地）

嗨，现在谁还在乎什么吗？所有的一切都要公之于众！尼娜本来就要告诉萨姆的！现在我要亲自告诉他！

马斯登 （义愤填膺地）

是什么把他带回来的？蒙骗可怜的、轻信他人的萨姆，这是多么歹毒而怯懦的伎俩呀……

（怀恨地）

但我可不是好蒙骗的！我可不是他们的傻瓜！

（冷冷地）是什么使你回来得这么快？我在慕尼黑见到你时，你并没有打算……

163

达雷尔　　（傲慢地）我父亲三个礼拜前去世了，我得回来处理他的遗产。（思索着）

谎言，父亲的去世不过是给了我一个借口罢了。我是不会为这件事回来的，我回来是因为我爱她！让他的疑问见鬼去吧！我要考虑，在我见到她之前，她说话的声音似乎在我脑海中灼烧，天哪，我撑不住了！抗拒是没有用的，我已经尽了我最大的努力……工作，酗酒，其他女人，没有用。我爱她！一直爱！去他妈的自尊心吧！

马斯登　　（思索着）

他有两个兄弟，他们很可能全部平分，他父亲是费城颇有名气的外科医生，我听说很有钱……

（酸楚地咧嘴一笑）

等到萨姆听说这件事之后吧！他会请求达雷尔给他投资，而达雷尔会马上答应的，逃避怀疑的好机会，也是悔罪的钱！保护萨姆是我的职责……

（他听到尼娜下楼的声音）

我必须监视着他们，保护尼娜，不让她迷失心窍，这是我的职责。萨姆是个大傻瓜，我是她所有的……

达雷尔　　（听到她来了——惊惶失措——思索着）

她来了！我马上就要见到她了！

（惊恐地）

她依然爱我吗？也许她已经忘记了，不，那是我的孩子，她永远不会忘记这一点的！

（尼娜从后面走了进来。她换上了一件干净衣服，头发梳理过了，脸上刚刚扑了粉，抹了胭脂，看上去格外俊俏，而此刻她那激情奔涌的心态又使她越发楚楚动人——爱情、得知情人回到自己身边的自鸣得意感、因感到自己失却了新近获得的安宁、失却了稳定、失却了对孩子心甘情愿的关注而生出的惊恐不安，一起交织在她的心头。她犹豫地在门里边停住脚步，盯住达雷尔的眼睛，思索着一个紧迫的问题。）

尼娜 他依然爱我吗？

（随后看穿他的心思，得意扬扬地）

是的！他爱我！他爱我！

达雷尔 （跳了起来——发出一声渴望的呼喊）尼娜！（此时惊慌地思索着）

她变了！……变了！……说不准她是否还爱我！……

（他已经迈步朝她走去，此刻又犹豫不前了，他的声音中带着恳求与踌躇）尼娜！

尼娜 （得意扬扬地思索着——怀着某种冷酷）

他爱我！他是我的，比以前任何时候都更是我的了！他永远也不敢再离开我了！

（她此刻对自己很有把握，走到他面前，自信而快活地说）你好，内德！这真是绝妙的意外！你还好吗？（她握住他的手。）

达雷尔 （吃惊——慌乱地）哦——还好，尼娜。（惊恐万状地思索着）

那种口气！好像她一点儿也不在乎！真不敢相信！她这是耍花招蒙骗马斯登呢！

马斯登 （一直机敏地观察着他们——思索着）

她爱的是他对她的爱，她冷酷而自信，虽然我恨这个男人，但我又忍不住要可怜他。我了解她的残酷，是我插手这件事的时候了，真是小说中的好情节！

（近乎嘲弄地）达雷尔的父亲去世了，尼娜。他是回家来处理遗产的。

达雷尔　（瞪了马斯登一眼——抗议地）可我已经在准备回来了。我本来打算只待一年的，可已经过去一年多了——（热切地）我已经在准备回来了，尼娜！

尼娜　（得意而快活地思索着）

你呀，亲爱的，你呀！好像我不知道这个似的！噢，我多么渴望把你搂到我的怀抱里呀！

（快活地）你回来我真太高兴了，内德。我们想死你了。

达雷尔　（思索着——越来越茫然）

她看上去很高兴，可她变了。我不明白她的意思，"我们想你"，是指萨姆。这是什么意思？

（握紧她的手，热切地）我也想你们——想死了！

马斯登　（讥讽地）是的，真的，达雷尔，我可以做证，他们很想你——特别是萨姆。就在刚才，他还问起你呢——问我在慕尼黑见到你时，你过得怎么样。（恶毒地）顺便问一句，那天和你在一起的那位女士是谁呀？她真是美貌惊人啊。

尼娜　（思索着——得意地嘲讽）

弄错了，查理！他爱的是我！我在乎那女人干什么呀？

（愉快地）是呀，那个神秘的美人是谁呀，内德？你一定要告诉我们！（她从他身边走开，在中间坐下。达雷尔依然站着。）

达雷尔　（瞪着马斯登，愠怒地）哦，我不记得了——（怀着强烈的怨恨思索着）

她根本不在乎！假如她爱我，她会嫉妒的！可她根本不在乎！（怨恨地冲着尼娜脱口而出）这个嘛，她是我的情妇——有那么一段时间——我很孤独。（随后突然冒火，转向马斯登）可这一切跟你有什么关系，马斯登？

马斯登 （冷冷地）绝对没有关系，请原谅，我这个问题太唐突了。（随后依然怀着明显的恶意）但我正要说起萨姆如何想念你呢，达雷尔。这真是太棒了，在这些萧条的日子里，这种友谊是不太常见的。嗨，他会把什么事情都托付给你的！

尼娜 （畏缩——思索着）

这话太伤人了，刺伤内德的心。查理是故意那么残忍的！

达雷尔 （畏缩——口气不自然地）我也会把什么事情都托付给萨姆的。

马斯登 当然喽。他是一个别人可以信赖的人。这种人太少了。你看到萨姆的变化将会大吃一惊的，达雷尔。不是吗，尼娜？他变成一个新人了，我从来没见过他那种精力。如果说有谁必定会成功，这个人就是萨姆。事实上，我对他是这样一个人深信不疑，一旦他认为时机成熟，可以开设自己的公司了，我马上就投资，做他的一言不发的合伙人。

达雷尔 （困惑而恼火——迷惑不解地思索着）

他这是什么意思？他为什么不赶快滚出去，别再打扰我们？不过我很高兴，萨姆能够自立了。这样把真相告诉他就更容易些……

尼娜 （思索着——焦虑地）

查理这是说的什么？该是我对内德开口的时候了。啊，内德，我真的爱你！你可以做我的情人！我们不会伤害萨姆的！他永远不会知道！

马斯登　是的,自从孩子出生以后,萨姆就变成了另外一个人——事实上,是自从他知道要有孩子以后,不是吗,尼娜?

尼娜　(好像没完全听进去,表示赞同)是的。(思索着)

内德的孩子!我必须跟他谈谈我们的孩子……

马斯登　萨姆是我所见过的最自豪的父亲!

尼娜　(和先前一样)是的,萨姆是个出色的父亲,内德。(思索着)

内德不喜欢孩子,我知道你盼望着什么,内德,但假如你以为我会把萨姆的孩子从他那儿夺走,你就错了!或者假如你以为我会撇下我的宝宝跟你私奔……

马斯登　(和先前一样怪异而极为固执地)假如这孩子出了什么事,我绝对认为萨姆将会丧失理智!你不这么认为吗,尼娜?

尼娜　(强调地)我知道我会丧失理智的!小戈登已经成为我生活的全部。

达雷尔　(思索着——以一种悲哀而酸楚的讥讽)

萨姆,出色的父亲,失去理智,小戈登!尼娜用戈登命名我的儿子!浪漫的想象!她的情人依然是戈登!戈登、萨姆和尼娜!和我的儿子!封闭性的联盟!把我排斥在外了!

(随后怒气冲冲地发泄不满)

不!别想那样,老天做证!我要打破他们的联盟!无论如何,我要把事实真相告诉萨姆!

尼娜　(怪异而狡诈地思索着)

我再也找不到比萨姆更好的丈夫了,我再也找不到比内德更好的情人了,有了他们两个我才能快活……

马斯登　(突然间生出充满绝望的疑虑)

上帝呀,那到底是不是萨姆的儿子? 不可能是达雷尔的吧!
为什么我从没想到这一点呢? 不! 尼娜不可能那么无耻!
继续和萨姆生活下去,装作 —— 而且,她为什么要这么做呢,
你这个傻瓜? 这是没有道理的! 她是能够和达雷尔一块走
的,不是吗? ……萨姆是可以和她离婚的,既然她爱达雷尔,
那就没有什么继续和萨姆待在一起的理由,除非这孩子确确
实实是萨姆的。为了这个孩子……

(兴奋地松了口气)

当然喽! 当然喽! 就是这么回事! 现在我爱这个可怜的孩
子! 为了他的缘故我要跟这两个人抗争!

(笑着站起来 —— 思索着)

现在我可以让他们俩单独在一起了,因为他们并不是单独的,
这多亏了我,我把萨姆和他的孩子留在这房间里陪他们 ——
还有他们的名誉……

(突然发火)

他们的名誉! ……多么下流的玩笑! ……娼妇和男妓的名
誉! 我恨他们! ……但愿上帝把他们劈死! ……就在现
在! 但愿让我看到他们死去! ……我将赞扬上帝的公正!
赞扬上帝对我的仁慈与怜悯! ……

尼娜 (思索着 —— 怀着惊恐与惶惑)

为什么查理不走呢? 他在想什么? 我突然觉得他很可
怕! ……

(她站起来,惶惑而恳求地叫了一声)查理!

马斯登 (随即彬彬有礼地笑着)好吧,我出去找萨姆。当他得知
你在这儿时,他会跑着赶回来的,达雷尔。(他朝门口走去,他

们猜疑地望着他）而你们两个也许有很多话要说。（他愉快地嘿嘿一笑，走到门厅里去了——嘲弄地警告）我们很快就会回来的。（可以听见前门砰的一声关上了。尼娜和达雷尔转身愧疚而惊恐地对视着。随后他走到她跟前，犹豫地握起她的双手。）

达雷尔 （结结巴巴地）尼娜——我——我回到你的身边了——你——你依然在乎吗——尼娜？

尼娜 （满怀激情地接受他的爱情，仿佛是为了驱散自己的恐惧）我爱你，内德！

达雷尔 （笨拙地吻她——结结巴巴地）我——我本来不知道——你显得那么冷漠——该死的马斯登——他起了疑心，是不是？——但现在这没有一点关系了，对吗？（随后滔滔不绝地）哦，我太苦了，尼娜！我忘不掉你！别的女人——她们只能使我更加爱你！甚至在那种时候我也恨她们，我也爱你——这是真话！我的怀里好像一直是你——就像你以前那样——那些下午——天哪，我是多么怀念那些日子呀——我清醒地躺着——回忆着你说过的每一个字眼，你的每一个动作，你脸上的每一种表情，仿佛闻到你头发的香味，抚摸你柔软的胴体——（突然把她搂到怀里，一次又一次地吻她——满怀激情地）尼娜！我那么爱你！

尼娜 我也是那么想要你呀！你以为我忘掉那些下午了吗？（随后极为痛苦地）啊，内德，你为什么逃走？我永远不能宽恕你那种做法！我永远不再信任你！

达雷尔 （狂暴地）我是个傻瓜！我是为萨姆着想！但也并不完全是那样！噢，我并没有那么高尚，我承认！我是为我自己和我的事业着想！去他妈的事业！它真是干了那么多的好事！我没有做研究！我没有生活！我一心想要你——忍受着折磨！我付出了全部的代价，相信我，尼娜！但现在我更加明白了！我回来。说谎话的日子已成过去了！你必须得跟我一块离开！（他吻着她。）

尼娜　（放纵自己的情欲，满怀激情地吻他）好吧！我的情人！（随后突然挣扎着推开他）不！你忘记了萨姆——还有萨姆的孩子！

达雷尔　（狂乱地盯着她）萨姆的孩子？你在开玩笑吧？你的意思是说，我们的孩子！我们当然要带他和我们一起走！

尼娜　（悲哀地）还有萨姆？

达雷尔　让萨姆见鬼去吧！他必须得和你离婚！这次要改变一下，让他大方一回吧！

尼娜　（悲哀但却坚定地）他会的。对萨姆你得公正，为了让我快活，他宁愿奉献他的一生，这也就意味着奉献他的生命。那样我们能够快活吗？你很明白，我们不可能快活！而且，我变了，内德，你得明白这一点。我已经不是先前你那个疯狂的尼娜了。我依然爱你，我将永远爱你，但现在我也爱我的宝宝，他是否快活对我来说是最首要的！

达雷尔　但是——他也是我的宝宝！

尼娜　不！为了救萨姆，你已经把他给了萨姆了！

达雷尔　让萨姆见鬼去吧！那只是为了让你快活！

尼娜　于是我才能够让萨姆快活！那也是目的之一！在这一点上我是认真的，内德！假如我不是认真的，在那第一天我决不会去找你的——或者假如我去了，我也决不会宽恕自己。但既然是这种情况，我就既不感到愧疚也不觉得自己邪恶。

我已经使萨姆感到很快活了！我很自豪！我爱萨姆的快活！我爱他这个忠心耿耿的丈夫和父亲！而且我觉得这是他的孩子——是我们使这孩子成为他的孩子的！

达雷尔　（心烦意乱地）尼娜！看在上帝分上！你不会是已经爱上萨姆了吧？假如那样——我将离开——我将再次离开——我将永远不回来——这一次我本来竭力不让自己回来——但我不得不来，尼娜！

尼娜　（把他搂入怀中——怀着突如其来的惊慌）不，别离开，内德——永远别再离开。我不爱萨姆！我爱你！

达雷尔　（痛苦地）但我不明白！萨姆得到了一切——我却一无所有！

尼娜　你拥有我的爱。（对他露出怪异而自信的微笑）依我看，你是在毫无缘由地瞎抱怨！

达雷尔　你的意思是——我能够再次成为——你的情人？

尼娜　（坦率地，甚至干巴巴地）这难道不是我们最有可能让所有人都快活的途径吗？这才是最重要的呢。

达雷尔　（发出一声刺耳的大笑）这就是你所说的对萨姆公正？

尼娜　（坦率地）萨姆永远不会知道。我给予他的快活使得他充满自信，因而现在他决不会怀疑我。而只要我们彼此相爱又不对他构成威胁，我觉得他会因为我们为他所做的一切而感谢我们的。（毫无商量余地地）既然你现在已经回到我的身边，内德，这就是从我们所有人的利益出发唯一可行的解决办法。

达雷尔　（反感地）尼娜！你怎么会这么没人性、这么精于算计呢！

尼娜　（被刺痛——嘲弄地）是你把这种科学方法教给我的呀，

大夫！

达雷尔 （从她身边退缩开——恫吓地）若是这样，我要再次离开！我要回到欧洲去！我不能忍受——！（随后怀着一种怪异的、无目的的愤怒）你以为我会留下——做你的情人——眼看着萨姆跟我的妻子和孩子在一起——你以为这就是我为什么要回到你身边的吗？见你的鬼去吧，尼娜！

尼娜 （镇定地——对他很有把握）但我还能做什么呢，内德？（随后警告地）我听见他们来了，亲爱的。是萨姆，你知道的。

达雷尔 （疯狂地）你还能做什么？撒谎！不过我倒是能够做点什么！我能够替你把你的如意算盘砸个稀巴烂！我可以告诉萨姆——我会的——就在现在——我对天发誓，我会的！

尼娜 （平静地）不，你不会的，内德。你不能那么对待萨姆。

达雷尔 （恶狠狠地）我要不能才见鬼呢！（前门打开了，甚至在埃文斯跨进门之前，他的声音便传了进来。他兴高采烈地冲到内德面前，握他的手，拍他的背，完全没有注意到达雷尔狂乱的表情。）

埃文斯 你这个老讨厌鬼！为什么你不让人知道你要回来呢？我们会带着孩子到码头上去迎接你的。让我好好看看你！你看上去瘦了。我们会把你喂胖的，对不对呀，尼娜？这一回让我们来开药方吧！为什么你不让我们知道你在哪儿呢，你这个老流浪汉？我们曾想要写信告诉你我们孩子的事，我还想要夸耀夸耀我干得怎么样呢！除了尼娜和查理——在这世界上我只愿意写信给你——夸耀这件事。

尼娜 （亲切地）行行好，萨姆，给内德一个插句话的机会！（怜悯却又挑衅地望着内德）他要告诉你一件事情，萨姆。

达雷尔 （垮了下来——结结巴巴地）不——我的意思是，是

的 —— 我想要告诉你我是多么高兴……（他转过身去，努力抑制着泪水，把脸都扭歪了。痛苦地思索着）

我不能告诉他！让上帝惩罚他吧，我不能！

尼娜　（以一种怪异的、得意扬扬的镇定）

嗨！就这么永远地确定下来了！可怜的内德！他看上去彻底垮下来了！我绝不能让萨姆的目光落到他身上！

（站到他们俩中间，保护地）查理在哪儿呀，萨姆？

马斯登　（从门厅进来）我在这儿，尼娜。我一直在这儿！（他朝她走过去，自信地微笑着。）

尼娜　（突然表现出怪异而不自然的兴高采烈——怀着得意扬扬的占有欲看看这个、望望那个）是的，你在这儿，查理——一直在！还有你，萨姆——还有内德！（怀着说不清的快乐）你们大家都坐下来吧！不要拘束！你们是我的三个男人！这是你们和我的家！（随后怪异地悄声说）嘘！我想我听到宝宝的声音了。你们全都得悄悄坐下别出声，千万别吵醒我们的宝宝。（三个人机械地坐下，小心翼翼地不弄出声响——埃文斯坐到桌旁他的老地方，马斯登在中间，达雷尔在右边的沙发上。他们静静地坐着，凝视着前方。尼娜依然站在马斯登左边靠后一点的地方，俯视着他们几个人。）

达雷尔　（凄惨地思索着）

我不能！有些事情人不可能做了之后心安理得，有些事情人不能说出来，回忆充满了太多的回声！有些秘密人决不能揭开，回忆与一个个镜子并排而列！他太快活了，比起扼杀生命，扼杀快活是一种更恶劣的谋杀！是我给了他那种快活！萨姆应该得到我所给予的快活！上帝保佑你，萨姆！

（随后以一种怪异的、不带感情色彩的口气思索着）

我的豚鼠试验很成功。两只生病的豚鼠，萨姆和雌豚鼠尼娜，已经恢复了健康和正常的功能，只有另外一只雄豚鼠内德，似乎每况愈下……

（随后酸楚而谦卑地）

没别的办法，只有接受她的条件，我爱她，我能够帮着使她快活。对一个饥饿的男人，半条面包更好……

（瞥了瞥远处的埃文斯——幸灾乐祸地）

你的孩子是我的！你的妻子是我的！你的快活是我的！让你，她的丈夫，去享受我的快活吧！

埃文斯　　（亲切地望着达雷尔）

再次见到内德真是太好了，一个真正的朋友，假如我曾有过的话，他看上去像是为了什么事而忧伤。哦，我明白啦，查理说过，他的老父亲死了，他的老父亲很有钱，对啦，我敢说他会愿意把那笔资金投入——

（随后感到羞愧）

唉，见鬼，我这是怎么啦？他一到这儿我就开始……他已经做了足够的……忘掉这事吧！现在，无论如何，他看上去元气大伤，太多的女人，应当结婚、安家，若不是怕他会笑话我竟给他出主意，我就这么对他说了，不过他很快就会看出来，我不再是他认识的那个萨姆了。我想，尼娜已经向他夸耀过了，她很自豪。是她帮助了我，她是个出色的妻子和母亲——

（抬头望着她——关切地）

刚才她的举止有点神经质、古怪，像她先前那样，已经很久没见她这个样子了，大概是因为内德的出现使她激动吧。绝不能让她激动，对哺乳孩子不好——

马斯登　（鬼鬼祟祟地瞥了瞥自己身后的尼娜——沮丧地思索着）

她现在又是先前那个古怪的尼娜了，那个我永远琢磨不透的尼娜，她的三个男人！是我们！是我吗？是的，比其他那两个中的任何一个都卷入得更深，白白地效力，不计回报，一种古怪的爱，也许吧，我不是普通人！我们的孩子，她这是什么意思？我们三个人的孩子？从表面上看，这是疯话，可她说这句话时，我觉得其中隐含着什么。她具有怪异的、狡诈的直觉，能够开启人生隐秘的激流——黑暗的、交汇到一起的股股激流，化作一条欲望之溪。我感到，因为尼娜，我的生命与萨姆的和达雷尔的奇异地合为一体了。她的孩子是我们这三个爱她的人的孩子。我愿意相信这一点。我愿意在某种意义上成为她的丈夫，以我的方式做孩子的父亲。我可以宽恕她的一切，容忍一切——

（坚定地）

而且我真的宽恕她了！从此之后我再也不插手任何事情，除了非得卫护她的快活不可，非得卫护萨姆和我们孩子的快活不可。至于达雷尔，我不再嫉妒他了。尼娜不过是为了自己的快活而利用他的爱罢了。他永远也不可能把尼娜从我身边夺走！

尼娜　（越来越出人意料、扬扬得意地）

我的三个男人！我感到他们的欲望汇聚于我一身！汇合成单一而完整的、美妙的男性欲望，被我吸收，我是全部。他们在我这儿融化，他们的生命成为我的生命，我是跟他们三个怀的孕！丈夫！情人！父亲！还有第四个男人！小男人！小戈登！他也是我的！这样才完美无缺！

（怀着既放纵又有所压抑的狂喜）

哈，我应当是地球上最骄傲的女人！我应当是世界上最快活的女人！

（随后竭尽全力才压抑住一阵歇斯底里、得意扬扬的狂笑）

哈，哈……不过我最好去敲敲木头① ——

（她用两手的关节猛烈地连续敲击桌面）

在上帝父亲听到我的快活之前！

埃文斯　（当三个人转向她时 —— 焦虑地）尼娜？你怎么啦？

尼娜　（努力控制住自己，走到他面前 —— 强作笑容 —— 亲切地伸出双臂搂住他）没什么，亲爱的。有点神经紧张，仅此而已。我想，我是太累了。

埃文斯　（恫吓她 —— 带着爱的威严）那么你马上去睡吧，年轻的太太！我们会谅解你的。

尼娜　（此时平静而镇定地）好吧，亲爱的，我想我确实需要休息。

（她就像吻一位深受她爱戴的大哥哥那样吻他 —— 亲切地）晚安，你这个专横的老东西，你呀！

埃文斯　（怀着深厚的柔情）晚安，宝贝。

尼娜　（走过去像吻她父亲那样恭顺地亲吻查理的面颊 —— 亲切地）晚安，查理。

马斯登　（带着一丝父亲的风度）真是个好姑娘！晚安，亲爱的。

尼娜　（走过去，像吻自己的情人那样深情地吻着达雷尔的嘴唇）晚

---

① 西方风俗认为敲木头可以避邪。

安，内德。

达雷尔　（感激而谦卑地望着她）谢谢你，晚安。（她转过身，平静地走出房间，三个男人目送着她。）

〔幕落〕

第 七 幕

景：近十一年之后。纽约市，位于公园大道上的埃文斯家公寓的起居室——一间充分显示尼娜高雅品位的房间。房间很大，阳光充足，家具十分昂贵，但又极为简单。家具的布局与前面的场景相同，只是增加了几件。左侧的桌子旁有两把椅子，中间是一张小一点的桌子和一把躺椅，右边则摆着一张宽大、豪华、舒适的长沙发。

〔初秋某一天下午一点左右。房间里有尼娜、达雷尔和他们的儿子戈登。尼娜斜倚在躺椅上，望着坐在她身旁地板上翻弄着一本书的戈登，达雷尔则坐在左边的桌边，望着尼娜。

〔尼娜三十五岁了，正处在最迷人的成熟女人时期。她比前一幕中苗条了，她的皮肤依然隐约显现出夏日的古铜色，看上去红润而健康。然而，与第一幕中一样，这种健康之下潜伏着一种精神高度紧张的感觉。稍一留心打量，便可以注意到她面庞上的许多道皱纹。她的目光呆滞而悲戚，表情凝固，像一副面具。

〔戈登十一岁了——是个英俊的男孩，甚至在这个年龄就已经具备了运动员的体形。他看上去比他的实际年龄要大，面部表情严肃，目光中充溢着焦躁与敏感。他与他的母亲没有什么明显的相像之处，一点也不像他的父亲。他似乎出身于一个与我们所见过的所有人都不相干的家系。

〔达雷尔老了许多，头发已经花白，身材也粗胖多了。眼睛下面的双颊有点浮肿，面容晦暗，那副模样像是一个无法把自己的人生与任何明确的目标或者志向联系起来的人。他的目光凄苦，在愤世嫉俗的漠然表情之下掩藏着内心的自我怨恨。

戈登 （一边玩一边思索着——怨恨地）

我真希望达雷尔快离开这儿！为什么母亲不让我自己安排自己的生日呢？我决不会让他来这儿的，决不会！他总是赖在这儿，到底为什么？为什么他不再像过去那样出门去旅行一趟呢？上一次他走了一年多，我当时一直盼着他死了！是什么使母亲那么喜欢他呢？她太让我失望了！我本来以为她讨厌这个老傻瓜，会让他滚开，告诉他永远不要回来！假如我的个头足够大，我会把他踢出去的！幸好他没给我带什么生日礼物，否则我一有机会就会把那礼物砸个稀巴烂！

尼娜 （观察着他——怀着爱的柔情沉思着——悲哀地）

不再是我的小宝宝了，我的小男孩，十一岁了。我不能相信，我三十五岁了，再过五年，到了四十岁，一个女人的人生就结束了，生气离她而去，她在安宁之中渐渐枯朽！

(热切地)

我想在安宁之中渐渐枯朽!我已经厌倦了获取快活的奋斗!

(露出苦中自娱的微笑)

在我儿子的生日里,这是多么忘恩负义的想法啊!我爱他,这使我快活。他多么英俊啊!一点也不像内德。我怀着他的时候,一直挣扎着忘掉内德,盼着他会长得像戈登,而他确实像,可怜的内德,我使他蒙受了那么多的痛苦!

(她朝达雷尔望过去——自我嘲弄地)

我的情人!那些激情洋溢的插曲,现在已经太少太少了。这些年来是什么一直把我们维系在一起的?爱情?假如他满足于我所能够给予他的,那该多好啊!可他总是想要得到更多,却又始终没有勇气提出,要么得到全部,要么什么都不要,有自尊但不足够,为了他自己的安逸与别人分享我,怀着一点感激和极大的怨愤,而这种对我的分享毁掉了他!

(随后怨愤地)

不,我不能责怪自己!没有哪个女人能够使一个毫无生活目标的男人快活!为什么他放弃了自己的事业!是因为我使他变得软弱了吗?

(怀着怨恨与蔑视)

不,是我激起他的羞耻心,他才转而研究起生物学来,在安提瓜岛①建立了研究站。要不是我这样做,他就只会一年又一年地围着我转,什么也不干。

(恼火地)

---

① 拉丁美洲一岛屿。

为什么他待这么久呢？六个多月了，我再也不能容忍他在我身边待这么久了！为什么他不回西印度群岛去呢？每当他回来待上一段时间之后，我就有一种可怕的感觉，他是在等待萨姆死去！或者发疯！

达雷尔　（思索着——怀着冷峻的怨愤）

她在想什么？我们默默地坐在一起，思索着——思想，从不知道另一个人的思想——我们的爱情已经演变成亲密地共同思索着彼此陌生的思想，我们的爱情！唉，不论把我们俩维系在一起的是什么，那东西是很强大的！我曾经与她决裂，跑开，努力忘掉她，可每回跑开，都比前一回更卑躬屈膝地跑回来！或者，假如她看到我有什么挣脱的机会，她就会想出某种办法把我召回来，我就会忘掉自己对自由的渴望，摇着尾巴跑回来。不，豚鼠是没有尾巴的，我希望我的试验已经证实了某种东西！萨姆，快活而富有，而且健康！我曾经希望他会垮掉。我曾经观察着他，在他的每一个举止之中寻找着疯狂的症状，卑鄙吗？当然，可爱情使一个人或者崇高或者卑鄙！他反而更健康了，现在我已经不再观察他了，几乎从不，现在我看着他发胖，我放声大笑！我已经意识到这个天大的笑话！萨姆是唯一正常的人！我们都是疯子！尼娜和我！用我们的疯狂为他制造出正常的生活！

（观察着尼娜——悲哀地）

总是想着她的儿子！唉，是我给了她这个儿子，戈登，我恨这个名字。为什么我要赖在这儿不走呢？每一次我的爱情都是在几个月之后变成了怨愤，是尼娜把我的生活搅得乱七八糟的……

尼娜 （突然转向他）你什么时候回西印度群岛，内德？

达雷尔 （坚定地）很快！

戈登 （停下不玩，听着——思索着）

太好了，我真高兴！让我猜猜有多快？

尼娜 （带着一丝讥讽）我不明白你怎么能够撇下你的工作那么久。难道你已经生锈了吗？

达雷尔 （意味深长地看着她）我的毕生工作就是生锈——谨慎地、悄悄地！（他嘲弄地笑笑。）

尼娜 （悲哀地——思索着）

在安宁之中渐渐枯朽，这也是他此刻的全部需要！爱情就是这么对待我们的！

达雷尔 （酸楚地）我的工作十二年前就结束了。我相信你是知道的，我以一项实验完成了我的工作，这实验是那么地成功，若是再去插手人类生活，那就完全是多余的了！

尼娜 （怜悯地）内德！

达雷尔 （冷漠而挖苦地）但你指的是我眼下正干的事情。你知道得很清楚，那不能叫作工作，那不过是我的业余爱好。我们对萨姆的资助已经使马斯登和我发了大财，所以我们只好玩玩业余爱好。马斯登重操旧业，胡写乱编他的高雅小说，我则玩玩生物学。萨姆坚持认为，对我来说，高尔夫球更健康，而且稍有几分意义，但你却认定了生物学。公平地说，这爱好让我一直待在户外，引导我四处旅行，开阔了我的胸襟。（随后强作笑容）不过，我太夸张了。我的确感兴趣，否则我绝不会一直给研究站提供资金的。而当我在那儿时，我的确很努力地工作，帮助普雷斯顿。他已经干得很出色，而他不过才二十多岁。他将会成为了不起的人物——(他的怨愤又冒了出来)至少，假如他接受我的劝告，永远不拿人类生活做试验的话！

尼娜 （嗓音低低的）你怎么能这么怨愤冲天呢，内德——在戈登的生日里？

达雷尔 （刻薄地思索着）

她竟指望我爱这个她故意从我这儿夺走、交给另一个男人的孩子！不，谢谢你，尼娜！我受的伤害已经够多的了！我不会在这一点上不加防范的！

(心酸地打量着自己的儿子)他一天天越来越像萨姆，不是吗？

戈登 （思索着）

他在说我呢，他最好当心点！

尼娜 （怨恨地）我觉得戈登一点儿也不像萨姆。他常常使我回想起那个与他同名的人。

达雷尔 （被触到了痛处——发出恶毒的大笑——尖刻地）戈登·肖？没有一点点相像之处！为此你应当感谢上帝！在我自己的儿子身上，我最不希望看到的事情就是——长得像那个啦啦队英雄！

戈登 （鄙视地思索着）

他的儿子！他哪儿有儿子！

尼娜 （被他的嫉妒心逗乐了）

可怜的内德！他不是很傻吗？在他这个年纪，经过我们所经历的一切之后，还会感到嫉妒……

达雷尔 我宁愿他(指指戈登)长成一个与尊贵的塞缪尔①一模一

---

① 指萨姆。

样的人!

戈登 （怨恨地思索着）

他总是拿我父亲开玩笑! 他最好当心点!

达雷尔 （以越来越强烈的嘲弄口吻）还能有更好的吗? 好人塞缪尔是个天字第一号的成功人士。他有个迷人的妻子,有个可爱的儿子,在公园大道上有处公寓,并且是一家会费昂贵的高尔夫球俱乐部的成员。而且,最重要的是,他对自己的白手起家满怀骄傲的自信,并为此而那么自鸣得意!

尼娜 （厉声地）内德! 你应该感到害臊! 你是知道的,萨姆对你一直是多么地感激!

达雷尔 （辛辣地）假如他知道我实际上为他做了什么,他还会感激吗?

尼娜 （严厉地）内德!

戈登 （突然跳起来与达雷尔对峙着,紧握双拳,愤怒得浑身颤抖,结结巴巴地）你——住口——竟拿我的父亲开玩笑!

尼娜 （惊愕地）戈登!

达雷尔 （嘲弄地）我亲爱的孩子,我怎么也不会拿你的父亲开玩笑呀!

戈登 （无言以对——嘴唇颤抖着）你——你就是开了! （随后狠狠地）我恨你!

尼娜 （震惊而愤慨地）戈登! 你怎么敢这样对你的内德叔叔讲话呢?

戈登 （反抗地）他不是我的叔叔! 他在我眼里什么也不是!

尼娜 不许再多说一个字,否则你将受到惩罚,不管今天是不是你的生日! 要是你再不表现得好点,我就要打电话给你所

有的朋友，告诉他们今天下午不必来这儿了，你表现得太恶劣，不配举办生日聚会！（懊悔地思索着）

这是我的错吗？为了使他爱内德，我已经尽了最大的努力！可这只能把事情弄得更糟——使他转而与我作对！抛下我去找萨姆！

戈登　（阴沉地）我不在乎！我要去告诉爹爹！

尼娜　（专横地）从这房间里滚出去！不向内德叔叔道歉，你就别再到我跟前来，你听见了吗？（气愤地思索着）

爹爹！现在他满脑子想的总是爹爹！

达雷尔　（厌倦地）哦，没关系，尼娜！

戈登　（往外走——嘟囔着）我才不道歉呢——决不！（怀恨地思索着）

当她站在他那一边时，我也恨她！……她是不是我的母亲我才不在乎呢！她没有权利！

（他从后面出去了。）

达雷尔　（恼火地）就算他真的恨我又能怎么样？我不怪他！他怀疑我知道什么——在他这件事上，我的举止活像个胆小鬼，活像个低能儿！我本来应该认领他，根本不去管别人会怎么样！假如他恨我，假如我因为他爱那另一个父亲而讨厌他，那是谁的错呢？是我们的！你把他给了萨姆，而我是同意的！好吧！那么就不要因为他以萨姆儿子的身份行事而责怪他了！

尼娜　但他不应该说他恨你。（酸楚地思索着）

萨姆的！他正在完全变成萨姆的！我将变得毫无意义！

达雷尔　（嘲讽地）也许他在潜意识中感觉到我是他的父亲，是与他争夺你爱情的情敌；但表面上我不是他的父亲，因而没有什么禁忌,他可以毫不遮掩地、随心所欲地恨我!(酸楚地)假如他意识到此刻你对我还剩下多么微不足道的一点点爱,他决不会在意的!

尼娜 (恼怒地)唉,内德,闭上你的嘴吧!这些老生常谈的责备我已经听了一千遍了,再也听不下去了!我也不愿再听见自己那些千篇一律、愤愤不平的反驳。随后便是一成不变的可怕情景,随后你便会跑走——过去是去喝酒、找女人,现在是去研究站。或者,我会把你打发走,然后过了一段时间,我又会把你召回来,因为我过着孤寂的虚假生活,除了萨姆生意场上的朋友和他们那些死气沉沉的太太之外没有人说话,我会再次感到非常孤独。(她无可奈何地笑起来)或者,就在我要召你回来之前,你在谎言之中感到孤寂,再次被自己的欲望驱赶回来!随后我们会亲吻、哭喊,重又彼此相爱!

达雷尔 (做了个讥讽的鬼脸)或者我会像我上次做过的那样,再次自欺欺人地相信自己爱上某个漂亮姑娘,给自己订下婚事、准备结婚!随后你会再次生出嫉妒,想出某种办法逼我毁掉婚约!

尼娜 (既凄楚又饶有兴致地)是的——对我来说,想到被一个妻子把你从我这儿夺走,太叫人受不了——再一次夺走!(随后无可奈何地)哦,内德,我们什么时候才能学会互相了解啊?对我们的爱情——我们的所作所为简直像是没有头脑的傻瓜。每次你刚刚回来时,爱情总是那么奇妙,可你每次待的时间都太久了——或者每次我都把你留得过久了!你每次都要等到我们互相指责,等到我们发展到怨愤冲天的地步才离开!(随后突然以苦涩的温柔)你依然有可能爱我吗,内德?

达雷尔　　（悲伤地笑着）我肯定爱你，否则我绝不会这样像个傻瓜般地行事，不对吗？

尼娜　　（也对他笑着）我肯定也爱你。（随后严肃地）说到底，我从来没有忘记戈登是你的爱情之子，内德。

达雷尔　　（悲哀地）为了他的缘故，也为了你自己的，你最好忘掉这一点。孩子具有准确的直觉。他感到你的爱被骗走了——被我。所以他躲开你，把感情倾注在萨姆身上，因为他对萨姆的爱确有把握。

尼娜　　（惊恐——气愤地）别说傻话，内德！绝不是那么回事！听到你这么说，我真恨你！

达雷尔　　（刻薄地）恨我，一点不错。正像他那样！假如你想要保住他的爱，这正是我要给你的建议！（他狞笑着。）

尼娜　　（厉声地）如果说戈登不爱你，那是因为你从没做出一丝一毫让他觉得你可爱的努力！你总是对他那种态度，还能有什么他应该喜欢你的理由呢，内德？比方说，今天是他的生日，你却忘记了，或者说根本不在乎！你甚至从来没给他带件礼物来。

达雷尔　　（酸楚而悲哀地）我确实给他带礼物来了，在外面门厅里。我给他带来一件昂贵而精致的礼物，这样他砸毁它时既会感到心满意足又不至于太吃力，就像他过去砸毁我的每件礼物一样！我把礼物留在门厅里，是为了让你在我走后再给他，因为他毕竟是我的儿子，我可不愿亲眼看着他砸毁我的礼物！（试图以嘲讽压抑住自己的情感——怀着狂暴的怨愤）你瞧，我是自私的！我可不想以自己为代价替我的儿子换取太多的快活，即使是在他的生日这一天！

尼娜　　（爱情、怜悯和懊悔一起折磨着她）内德！看上帝分上！你怎么能够这么折磨我们呢！啊，这太可怕了——我对你做了什么！宽恕我吧，内德！

达雷尔　　（他的表情变为对她的怜悯——走到她跟前，伸手抚住她的脑袋——温柔地）对不起。（怀着充满懊悔的柔情）可怕，你干了什么，尼娜？嗨，我所体验到的唯一的快活就是你给予我的！无论我出于怨愤说了或者做了什么，我都是自豪的——感激的，尼娜！

尼娜　　（脉脉含情地、敬佩地仰起头望着他）最亲爱的，你能这么说真是太好了！（她站起身，把双手按在他的肩膀上，直直盯着他的眼睛——以恳求的口气、温柔地）难道我们这一次不能够勇敢些——让你离开——现在，以这种情调——对我们的爱情满怀信心——而不怀有丝毫的怨愤？

达雷尔　　（喜悦地）好啊！我走——要是你愿意，我立刻就走！

尼娜　　（戏谑地）哦，你没必要马上就走！等一会儿，向萨姆说声再见。要是你不等他，他会非常伤心的。（随后严肃地）你能保证在那边待两年吗——即使在两年之内我叫你回来——而且这一次要踏踏实实地工作？

达雷尔　　我会努力的，尼娜！

尼娜　　到那个时候——一定要回到我这儿来！

达雷尔　　（微笑着）一定——再一次！

尼娜　　那么，再见吧，亲爱的！（她吻他）

达雷尔　　再一次！（他微笑，她微笑，他们再次接吻。戈登出现在后面的门口，在那一瞬间，他站在那儿望着他们，胸中涌动着嫉妒、愤怒与悲伤。）

戈登　（怀着怪异的、扭曲的耻辱思索着）

我决不能见她！假装我没看见她！决不能让她知道我看见了她！

（他像来的时候那样悄悄地消失了。）

尼娜　（突然从达雷尔身边移开，不安地四下里望着）内德，你看见了吗——？我刚才有一种最最奇怪的感觉，有人……

戈登　（从门厅传来他故作漫不经心的嗓音）母亲！查理伯伯在楼下呢！他可以马上上来吗？

尼娜　（吃了一惊，说话时竭力装作漫不经心）可以，亲爱的——当然可以！（随后担忧地）他的声音怪怪的。是对着你来的吗？你认为他——？

达雷尔　（苦笑）有这种可能。为安全起见，你最好告诉他，为了摆脱我，你向我吻别！（随后气愤地）这么说马斯登又来了！这个女里女气的老混账。我再也无法忍受他了，尼娜！我实在不明白，为什么戈登对那个女里女气的家伙的迷恋超过了我！

尼娜　（突然领悟——思索着）

嗨，戈登喜欢查理，他嫉妒了！

（随即怀着充满深情的怜悯）

这么说，他肯定对戈登还怀有一点点爱！

（让自己的怜悯流露出来）可怜的内德！（她朝他走近一步。）

达雷尔　（吃了一惊，担心她可能会猜想到自己不愿意向自己承认的事情）什么？你为什么这么说？（随后粗鲁地抵赖）别傻了！（怨恨地）你知道得很清楚，我一向对他持什么样的反对态度！萨姆开始干的时候，我想要把所有的钱投到他的生意中，我这样做是为了萨姆——可主要是为了我的孩子。为什么马斯登死乞白赖要求萨姆让他以同等资格加入呢？我并不是眼红他赚的钱，可我知道他心里藏着个怪念头，他是为了气我故意那么做的！（从门厅里传来马斯登的声音，传来戈登把他让进公寓时高腔大嗓的问候声。听到这些，达雷尔重又是一副狂怒的表情。他气愤地大叫起来）你让那头老笨驴惯坏了戈登，你这个傻瓜，你呀！（马斯登笑着从后面进来了，他的衣着像往常一样整洁无比。他看上去几乎一点不显老，只是头发越发灰白，高高的身材越发佝偻了。他的表情，他给人的那种总体印象，都更接近于他在第一幕中的情形。即使不快活，至少他与自我、与自己周围的环境处于相对的和睦之中。）

马斯登 （径直走到尼娜跟前）你好，尼娜·卡拉·尼娜！我向你儿子的生日表示祝贺！（他吻了吻她）自我上次见到他才过了两个月，他长高了许多，也强壮了许多。（他转过身，冷冷地与达雷尔握手——带着一丝屈尊俯就的神气）你好，达雷尔。上次我来这儿时，你正准备一星期之内动身去西印度群岛呢，可现在我看见你仍然在这儿。

达雷尔 （怒气冲冲地——带着嘲弄的神气）而你自己也又在这儿了！看来你这些日子过得挺舒服，马斯登。希望你妹妹也很好。有她取代你母亲的位置，肯定对你是莫大的安慰！（随后发出刺耳的大笑）是的，我们这两个谁都不想见的家伙，嗯，马斯登？——假货——赝品——萨姆的一言不发的合伙人！

尼娜 （恼火地思索着）

内德又变得可恨了！可怜的查理！我不能让他遭受侮辱！

他已经成为那样一种安慰,他那么善解人意,根本用不着我告诉他……

(责备地看看达雷尔)内德这星期就上船,查理。

马斯登 （得意扬扬地思索着）

他企图侮辱我,我知道他的全部意思,但对他说的话我还在乎什么——她就要把他打发走了！故意当着我的面！这意味着他已经完了！

达雷尔 （怨恨地思索着）

她这是要当着他的面羞辱我吗？我要教训她！

（随后内心斗争着——懊悔地）

不,这次不行,我答应过的,决不争吵,记住……

（默认——和颜悦色地朝马斯登点点头）是的,我这个星期就走,而且,这一次我打算至少离开两年——努力工作两年。

马斯登 （轻蔑而怜悯地思索着）

他的工作！真会装模作样！半吊子科学家！还能有比这更可悲的吗？可怜的家伙！

（敷衍地）生物学肯定是一门很有意思的学问,真希望我在这方面懂得多一点。

达雷尔 （被刺痛,但又觉得对方的口气很有趣——讽刺地）是的,我也希望你懂得多一点,马斯登！若是那样,你就可以多写写生活,少写点可爱的老太太和鲁莽的单身汉！为什么你不想在什么时候写一部有关人生的小说呢,马斯登？（他反感地瞥了一眼马斯登,转身背朝他走到窗前,盯着外面。）

马斯登 （困惑地）是的——显然——可我并不十分擅长——

（极为痛苦思索着——捡起一本杂志,漫无目的地翻弄着）

这——是——真的！他太恶毒了！我从没把语言与生活密切结合起来！我一直是个怯懦的文学学士，不是艺术家！我那些可怜的令人开心的作品！一切都好！这好吗，我们三个人？达雷尔从她那儿得到的爱越来越少，尼娜越来越转向我，我们在无从言传的意气相投与信任之上建立起一种秘密生活。她已经知道，我理解她对达雷尔怀有的纯属肉欲的狂热。谁能指望哪个女人狂热地爱恋萨姆呢？总有一天她会把有关达雷尔的全部秘密向我吐露。现在既然他完了，用不着我说，她知道我爱她，她甚至知道这是一种什么样的爱……

（满怀激情地——思索着）

我的爱比她所知道的任何爱都优雅！我对她没有欲望！假如我们的婚姻仅仅是把我们的骨灰埋入同一座墓穴，我也会心满意足的。我们的骨灰瓮并排紧靠。其他人能这么说吗，能爱得这么深吗？

（随后突然痛苦而自我鄙视地）

什么！在我这个年纪做柏拉图式的英雄！这些话我相信一个字吗？看看她那双美丽的眼睛！为了看到它们对我的爱欲，难道我不愿意奉献出生命中的任何东西吗？我夸耀的那种亲密，除了我再次一直扮演着她少女时代的那个亲爱的老查理，还有什么别的意义吗？

（极为痛苦地思索着）

该死的胆小鬼、懦夫！

尼娜 （望着他——怜悯地——思索着）

他一直想向我要什么呢？我吗？我是唯一一个觉察到他内心深处创伤的人，我感到了人生是如何伤害他的，这在某种程度上也是我的过错吗？——我伤害了每一个人，可怜的查理，我能为你做什么呢？假如把我自己奉献给你就能够给你带来片刻的快活，我能够奉献吗？以前这个想法叫我恶心……现在，有关爱情的一切似乎都不重要了，因而也没什么叫人恶心的了……可怜的查理，他一心想着他应当对我怀有欲望！亲爱的查理，对一个步入老年时代的人来说，他会是个多么完美无缺的情人啊！当一个人超越了情欲时会是个多么完美无缺的情人啊！

（随后怀着突如其来的鄙视与嫌恶）

这些男人让我心烦！我恨他们所有三个！他们让我恶心！作为妻子的我和作为情人的我都被他们扼杀了！感谢上帝，我现在只是一个母亲！戈登是我的小男人，我唯一的男人！

（突如其来地）我有件事要让你做，查理——为午饭准备沙拉酱。我特别喜欢的那种，你知道的。

马斯登　（一跃而起）好啊！（他伸出胳膊揽住她的腰，他们大笑着一起走了出去，看都没看达雷尔一眼。）

达雷尔　（阴郁地思索着）

我决不留下来吃午饭，我儿子宴会上的鬼魂！我最好现在就走，为什么要等萨姆呢？我对他能有什么可说的呢？他也没有什么我想看见的，他像头猪一样健壮，一样理智，我担心那一回他的母亲对尼娜说了假话。我到北边去做了调查，是真话，字字是真话。他的曾祖父、他的祖母、他的父亲，全都是疯子！

（不安地走动着）

别想了！这些想法出现的时候，也就是该离开的时候了。星期六乘船远航，不再来这儿了。不久尼娜就要为了我儿子的爱跟萨姆争斗！我最好退出去！啊，耶稣啊，这一切多么地乱七八糟啊！

戈登　（出现在后面的门口。他拿着一只小巧而昂贵的单桅游艇模型，上面的帆已经张开。他处于各种情感对立冲突的可怕状态之中，泪水就要夺眶而出了，可又执拗地打定了主意）

我非得这么干不可！天哪，太叫人难过了，这条船这么精美，为什么偏偏是他送的呢？我可以让爹爹给我另买一条，可现在我太喜欢这一条了。可是他吻了母亲，她也吻了他……

（他挑衅地走到达雷尔面前，与他对峙着，后者吃惊地转向他）

喂——达雷尔——是你干的？（他哽咽住了。）

达雷尔　（当即意识到要发生什么事——忧郁而痛苦地思索着）

那么，这事非发生不可了！——正是我所害怕的！——我的命运似乎是冷酷无情的！

（以做作的和蔼）干了什么？

戈登　（变得强硬——气得结结巴巴）我发现了这个——在外面门厅里。不可能是别的什么人送的。这是——你的礼物？

达雷尔　（他也强硬而挑衅地）是的。

戈登　（发怒——颤抖地）那么——这就是——我对你的看法！（他哭了起来，把船的桅杆和船首斜桅扯了下来，把桅杆折成两截，索具揪下来，把残缺不全的船体扔到达雷尔脚下）给你！你可以留着它！

达雷尔　（在那一刻，他再也克制不住自己的怒气）你——你这个卑鄙的小恶魔，你！你并不是从我这儿得到它的——（他已经气势汹汹地朝前迈了一步。戈登面色苍白地站着，对他毫无畏惧。达雷尔突然收住步——随后以一种因感情受到深深伤害而颤抖的嗓音）你不应当那么做，儿子。是我送的又有什么关系吗？它从来就不是我的船，但它是你的船。你应当考虑的是船，而不是我。难道你喜欢的不是船本身吗？我觉得它是一条漂亮的小船。所以我……

戈登 （痛苦地抽泣着）它太精美了！我本不想那么做的！（他跪下来，把船拢到一起，重又抱在怀里）真的，我本来不想那么做。我喜欢各种各样的船！可我恨你！（这最后一句话带有强烈的情感。）

达雷尔 （干涩地）这我已经注意到了。（气愤而痛苦地思索着）他太伤我的心了，这该死的！

戈登 不，你不知道！现在更恨！更恨！（泄露出自己的秘密）我看到你吻我母亲！我也看到母亲吻你！

达雷尔 （吃了一惊，但随即强作笑容）可我那是向她告别。我们是老朋友，这你是知道的。

戈登 你别想蒙我！这不一样！（暴躁地）你是罪有应得——还有母亲——假如我向爹爹告发你们的话！

达雷尔 哎，我是萨姆时间最长的朋友，你这小傻瓜可不要当众出丑！

戈登 你不是他的朋友。你一向赖在这儿欺骗他——赖在母亲身边！

达雷尔 住口！你说我欺骗他是什么意思？

戈登 我不知道。但我知道你不是他的朋友。总有一天我要告诉他我看见你……

达雷尔 （此时极为严肃——被深深打动）听着！有些事情一个有

荣誉感的人是不告诉任何人的——甚至不告诉他的母亲或者父亲。你想做一个有荣誉感的人,不是吗?(热切地)有些事情我们是不说出来的,你和我!(他冲动地伸手揽住戈登的肩膀)这是我的儿子!我爱他!

戈登 (思索着——心情极度矛盾)

为什么我会喜欢他?我太喜欢他了!

(哭泣)我们!——你指谁?——我有荣誉感!——比你的要强烈!——用不着你来告诉我!——可我本来也没打算告诉爹爹,真的,我没打算!我们?——你是什么意思,我们?——我和你不一样!我永远也不愿意像你这个样!(传来门推开又关上的声音,接着是埃文斯亲切的嗓音。)

埃文斯 (从门厅)你们好呀!

达雷尔 (拍拍戈登的背)振作起来,儿子!他来了!把那船藏起来,否则他会问起来的。(戈登跑过去把船藏到沙发底下。等到埃文斯进来时,戈登已经完全镇定下来了,高兴地朝他跑过去。现在的埃文斯长得比以前更加粗胖了,脸庞臃肿。他变得善于管理,习惯于发号施令,不论在哪儿,他都会不由自主地充当主宰。他看上去比实际年龄显得年轻,只是他的头发已经十分稀疏,头顶很明显地秃了一块。他的衣着十分讲究。)

埃文斯 (把戈登搂在怀里——爱怜地)我的好儿子怎么样?生日过得好吗?

戈登 很好,爹爹!

埃文斯 你好,内德!以我这孩子的年龄,他的个头够大的,不是吗?

达雷尔 (勉强笑笑)是的。(畏缩——思索着)

此时此刻真让人伤心！看着我的儿子给他当儿子！我受够了！走吧！不管什么借口！我可以过后打电话！假如我待下去，我会把一切嚷嚷出来的！

我正准备走呢，萨姆。我得拐个弯，去看一个住在这附近的人——一位生物学家。（他已经走到了门口。）

埃文斯 （失望地）那么你不在这儿吃午饭了？

达雷尔 （思索着）

假如我再多待一秒钟，我就会把事实真相嚷嚷到你的耳朵里，你这该死的疯子！

我不能留下，对不起。这事很重要，我几天之内就要乘船远航了——有许多事情要做——回头见，萨姆，再见——戈登。

戈登 （当达雷尔走出去时，局促而匆忙地）再见，内德叔叔。（困惑地思索着）

我说过我永远不会这么叫他，可为什么我又这么叫他呢？我明白了，肯定是因为他说他要乘船远航，我很高兴……

埃文斯 再见，内德。（思索着——快活而倨傲地）

内德和他的生物学！他还真把他的业余爱好当一回事了！

（心满意足地）

嗨，现在他有能力从事业余爱好了！他在我这儿的投资为他赚了一大笔……

儿子，你母亲在哪儿？

戈登 和查理伯伯在外面的厨房里呢。（思索着）

我真希望他永远不回来！那为什么我刚才喜欢他呢？只是那一瞬间，我不是真的，我永远不会！为什么他叫我戈登时的口气一直好像是他很不情愿这么叫呢?

埃文斯　（在左边坐下）我希望午饭快做好了，我此刻就像个饿鬼，你不是吗?

戈登　（心不在焉地）我也是，爹爹。

埃文斯　到这儿来，给我讲讲你是怎么过生日的。（戈登走了过来。埃文斯拉他坐到自己的腿上）你喜欢你那些礼物吗？内德叔叔送给你的是什么礼物？

戈登　（含糊其词地）所有的礼物都棒极了。（突然地）为什么我叫戈登呢？

埃文斯　哦，你不是知道得很清楚吗？—— 知道戈登·肖的一切。我告诉过你许多次了。

戈登　你有一次告诉我，他曾经是母亲的情人 —— 当她是个姑娘时。

埃文斯　（戏谑地）你知道什么叫情人呀？你快要长成大人了!

戈登　母亲曾经非常爱他吗？

埃文斯　（窘迫地）我想是的。

戈登　（机敏地思索着）

这就是为什么达雷尔讨厌我的名字戈登，他知道母亲爱戈登甚于爱他。现在我知道如何对付他了，我要和那个戈登一模一样，母亲爱我将甚于爱他!

后来，那个戈登战死了，不是吗？我有什么地方像他吗？

埃文斯　我希望你像他。假如你上大学后能够像那个戈登那样打橄榄球或者划赛艇，我会 —— 我会给你任何你想要的东西! 我说话算数!

戈登　（向往地）再给我讲讲他好吗？爹爹 —— 那一次他当领

桨手时，七号划桨手就要吃不消了。戈登看不到他，但能感觉到他不知怎么就要垮掉了，于是戈登开始对后面的他讲话，一直给他鼓劲。最后比赛结束了，他们赢了，戈登晕了过去，那家伙却没有。

埃文斯 （溺爱地笑起来）嗨，你都能背下来了！还用得着我给你讲吗？

尼娜 （就在他们谈话的时候，她从后面进来了。她慢慢地走上前——怨恨地思索着）

他爱萨姆甚于爱我吗？啊，不，他不能！但他更信任他！他对他更信任！

戈登 你曾经和别人打过架吗，爹爹？

埃文斯 （窘迫地）哦，打过一点——当我不得不打时。

戈登 你打得过达雷尔吗？

尼娜 （惊恐地思索着）

他为什么问这个？

埃文斯 （吃惊地）你的内德叔叔？为什么？我们一直是朋友呀。

戈登 我的意思是，假如你们不是朋友，你能打得过他吗？

埃文斯 （夸耀地）哦，我想我能打得过。内德从来都不如我强壮。

尼娜 （轻蔑地思索着）

内德太弱了……

（随后又担忧地）

可你正在变得太强壮了，萨姆……

戈登 但戈登能打得过你，是不是？

埃文斯　　他当然能!

戈登　　(思索着)

她爱戈登肯定甚于爱爹爹!

尼娜　　(她走到中间的椅子旁,强作笑容)干吗总是谈打架呀? 这不好。看上帝分上,萨姆,别鼓励他……

埃文斯　　(咧嘴笑着)别听女人的话,戈登。你得学会打架,才能在这个世界上干出点名堂来。

尼娜　　(怜悯地思索着)

你这可怜的呆子! 现在你多么勇敢啊!

(柔声地)也许你是对的,亲爱的。(四下里看看)内德走了吗?

戈登　　(挑衅地)走了——而且他不回来了——他很快就要乘船远航了!

尼娜　　(浑身一震)

为什么他用这种方式向我挑战? 依恋萨姆? 他肯定看到内德和我,他不愿意过来坐到我的腿上,他以前经常,内德是对的,我得对他说假话,把他夺回到这儿来,这儿,我的腿上!

(冷笑一声——对埃文斯)内德走了我很高兴。我真怕他会成天要我们看顾。

戈登　　(急切地、半拉身体从父亲的腿上滑下来)你很高兴?——(随后警觉地思索着)

她在骗人——我看到她吻他……

尼娜　　内德变得太烦人了。他是那么弱,假如没有人推他一把,他什么事情也干不起来。

戈登　　(走近一点点——观察着她的脸——思索着)

她似乎不是那么喜欢他,可我看到她吻他!

埃文斯 （吃惊）噢，别这样，尼娜，你对内德是不是太苛刻了？是的，他是有几分把握不住自己，但他是我们最好的朋友呀。

戈登 （走得离他父亲更远了 —— 怨恨地 —— 思索着）

为什么爹爹要在她面前替他说话呢？

尼娜 （得意扬扬地思索着）

这就对了，萨姆，这正是我要你说的话！

（厌烦地）哦，我知道他是我们最好的朋友，可他一直赖在这儿，弄得我很心烦。我婉转地催促他回到自己的工作上去，要他答应我两年之内不回来。他最后总算答应了 —— 可接下来他傻乎乎地伤感起来，请求我和他吻别，祝他好运！所以，为了摆脱他，我吻了他！那个愚蠢的傻瓜！

戈登 （思索着 —— 狂喜）

是这样！这就是为什么！这就是为什么！他要离开两年！啊，我太高兴了！

（他走到她面前，仰脸盯住她的脸，双眼闪闪发光）母亲！

尼娜 亲爱的！（她把他抱到自己的腿上，紧紧搂在怀里。）

戈登 （吻了吻她）好啊！（得意扬扬地思索着）

这下就抵销了他的吻！这下就把他的吻从她唇上抹去了。

埃文斯 （咧嘴笑着）内德在你心目中的地位肯定正在下降 —— 在他的晚年！（随后伤感地）可怜的家伙！他一直没有成家，这是件麻烦事。他很孤独，我了解他的感受。一个人需要一点女人的鼓励，才能昂起头来。

尼娜 （让戈登的头紧贴着自己的头 —— 戏谑地大笑）依我看，你头脑精明的爹爹正变得又多情又愚蠢！你说呢，戈登？

戈登 （和她一起大笑）是的，他太多情了，母亲！（他吻吻她，悄声说）我要做个和戈登·肖一样的人，母亲！（她用力把他搂在怀里，又得意又快活。）

埃文斯 （咧嘴笑着）在我看来，你们两个心肠太硬了。（他笑了起来。他们一起快活地大笑起来。）

尼娜 （突然被一阵懊悔与怜悯攫住，良心不安起来）

啊，我对内德太无情了！可怜的、亲爱的、宽宏大量的内德！你要我对你的儿子说谎，说你的坏话，为了我的缘故，我配不上你的爱！我卑鄙而自私！但我确实爱你！搂在我怀里的是我们的爱情之子！啊，上帝母亲啊，我祈求你让我们将来某一天把真相告诉我们的儿子，让他爱他的父亲，答应我吧！

戈登 （觉察到她的想法，在她腿上坐起来，逼视着她的脸，她则愧疚地躲避着他的目光——满怀恐惧与怨恨。思索着）

她此刻又在想那个达雷尔了！我知道！她也喜欢他！她别想蒙骗我！……我看到她吻他了！在那个时候她并不把他当成愚蠢的傻瓜！她是在对爹爹和我说谎！

（他推开她的腿，从她身边走开。）

尼娜 （惊恐地思索着）

他看透了我的心事！他在我跟前时，我甚至连想都不能想内德！可怜的内德！不，不能想他！

（恳求地伸出双臂朝戈登俯过身去，但以戏谑的口气）嗨，戈登，你怎么了？你像是坐到了一颗图钉上似的从我腿上跳下来！（她强笑一声。）

戈登 （眼睛望着地面——含糊其词地）我饿了。我要去看看午饭是不是快准备好了。（他猛然转身跑了出去。）

埃文斯 （以一种高高在上的、男性的宽容口吻，和蔼地但却是在向柔弱女性发号施令）他讨厌被人当作小孩子对待，尼娜。你忘了，他越来越长成个大小伙子了。我们也希望他长成个真正的男子汉，而不是个像查理那样的老太太。（精明地）我敢说，查理长成他现在这副模样，就是因为他母亲一直把他当作小孩子对待。

尼娜 （顺从地——但以一种怨愤而轻蔑的目光望着他）也许你是对的，萨姆。

埃文斯 （自信地）我知道我是对的！

尼娜 （目光中充满强烈的仇恨，思索着）

啊，上帝母亲啊，请允许我将来某一天把真相告诉这个傻瓜吧！

〔幕落〕

第 八 幕

景：十年之后，六月末一天下午较晚的时候——停泊在波基普西终点线附近的埃文斯家游艇的后甲板。船头和船中部处于右侧偏后、朝着上游的位置，左舷的栏杆在后侧，弧形的船尾在左侧，船舱的后墙在右侧，墙上有几扇宽大的窗户和一扇门。后甲板上，左边有两把藤椅，右边是一张躺椅，中间摆着一张藤桌和另一把椅子。这儿有遮挡、凉爽，与笼罩在暮午柔和的金色阳光之下的河面形成对照。

〔尼娜坐在中间的桌旁，达雷尔坐在最左边的椅子上，马斯登则在右边的躺椅上。埃文斯正对着尼娜的身后倚在栏杆上，正从望远镜里眺望河的上游，玛德琳·阿诺德站在他的身旁。

〔尼娜的头发完全白了。她不顾一切地试图以过度的浓妆掩饰时光流逝的明显痕迹，但结果适得其反，反而更加突出了本来可以掩饰住的东西。她的脸庞瘦削，面颊紧绷，嘴巴因强作笑容而歪扭着。除了她那双更大、蕴含着更深邃神秘感的眼睛之外，她脸上那种迷人的风韵荡然无存。但是，她依然保持着美丽的身段，这在对比之下造成了一种悲剧性的后果，使她的脸庞更显苍老、憔悴。她的整体形象使人立刻回想起第四幕中那个神经质的、情感怨愤而紊乱的尼娜。她身着白色的游艇装。

〔达雷尔似乎"返老还童"，又变回到我们第二幕中在尼娜父亲家所看到的那个年轻医生了。他又一次拥有那种把自己与自己周围的人都视作有趣现象的、冷静而超脱的科学家的神态。他的外貌重又线条分明，面庞与身体都变得瘦削而结实，前一幕中的那种虚胖与肿胀消失了。经过多年的热带生活，他的皮肤晒得黑黝黝的。他浓密的头发是铁灰色的。他身着法兰绒长裤和蓝外套，穿着一双白色鹿皮鞋。他看上去也许有五十一岁，但一天也不多。马斯登老得很厉害，高高的身材佝偻得越发明显，头发已经花白。他是第五幕中那个因母亲之死而悲伤欲绝的马斯登的老年翻版。而这一次，把他抛入绝望之中的是两个月前他妹妹的去世。然而，此时他的悲伤比先前表现得更加听天由命。和第五幕中一样，他身着整洁无比的黑丧服。

〔埃文斯依然是埃文斯。他的性情随着十年来持续的成功和财富的积累而自然而然地发展，和先前一样快活、单纯、和善，不过越来越倔强、固执己见。他变得非常粗胖，有着厚厚下巴的宽脸庞上浮现出凝重、红润、暴躁的神情。他的头顶秃了许多。他戴着一顶游艇帽，身着蓝色的游艇外套和白色的法兰绒长裤，脚上穿着鹿皮鞋。

〔玛德琳是个十九岁的俊俏姑娘,黑头发、黑眼睛,皮肤晒成深褐色,颀长的运动员身材,使我们联想起第一次见到尼娜时她的体形。她的性格直率而坦诚,给人的印象是她一向知道自己在追求什么,而且一般来说能够得到,但她也是个宽宏的、输得起的人,一个性情磊落的人,既在自己的同性中颇得人心,又是男性追求的对象。她身着颜色鲜亮的运动服。

埃文斯 （紧张而激动地——如坐针毡——烦躁地放下望远镜）上游那边什么也看不见！河面上有一层该死的雾气！（把望远镜递给玛德琳）给你,玛德琳,你有年轻人的眼睛。

玛德琳 （急切地）谢谢你。（她从望远镜里向上游望去。）

尼娜 （思索着——愤愤地）

年轻人的眼睛！它们凝视着戈登的眼睛！他在她那双年轻人的眼睛里看到了爱情！……我的眼睛现在衰老了！

埃文斯 （掏出表来）很快就到比赛开始的时间了。（走上前来——恼火地）咳,那该死的收音机偏偏选择这个时候出毛病！而且是我专门为这次比赛装配的崭新的收音机！真是倒霉！（走到尼娜身旁,把手搭在她的肩上）嗨,我敢打赌,戈登此刻肯定有点兴奋,尼娜！

玛德琳 （依然举着望远镜）可怜的小伙子！我敢打赌,他肯定会！

尼娜 （怀着强烈的怨愤思索着）

她说话的那种语调！她的爱已经占有了他！我的儿子！

（怀恨地）

但是她休想！只要我活着！

（语气平淡地）是的，他肯定会紧张不安的。

埃文斯 （把手拿开，严厉地）我的意思可不是紧张不安。他根本不知道什么叫紧张不安，还没有什么使他心慌意乱的事情呢。

（说这最后一句时，他一边朝栏杆那儿走回去，一边朝她投去怨恨的目光。）

玛德琳 （怀着知情者所具有的镇定与信心）是的，你尽管放宽心，戈登永远不会惊慌失措的。

尼娜 （冷冷地）我当然很清楚，我的儿子不是个懦夫——（意味深长地瞥了玛德琳一眼）即使他有时的确做了懦弱的事情。

玛德琳 （并没有把望远镜从眼前放下来——快活地思索着）

哦！——这是指我呢！

（随后感到受了伤害）

为什么她这么不喜欢我呢？为了戈登的缘故，我已经尽了我的最大努力讨她的欢心——

埃文斯 （怨恨地回头望着尼娜——思索着）

又一次刻薄地挖苦玛德琳！……尼娜确确实实成了个不高明的捣乱者！……我原以为当她的更年期结束后她会为自己那种疯狂的嫉妒而感到羞愧呢——相反，她的嫉妒心更严重了——但我可不打算让她插到戈登和玛德琳中间来——他爱她，她也爱他——她的家族既有钱又有地位——我又很喜欢她——上帝做证，不管尼娜怎么捣乱，我都要让他们按预定日程完婚！……

达雷尔 （机敏地观察着——思索着）

尼娜厌恶这位年轻的姑娘！这是自然的，戈登的姑娘，假如她能够，她会毁掉他们的婚约的，就像她曾经毁掉我的一样，曾经！谢天谢地，我的苦役结束了！她怎么知道我回到城里了呢？我本来不打算再与她见面的，可她的邀请那么恳切。她写道，我对戈登的责任——什么责任？到这个时候太晚了！最好还是让它也这么死去吧！

埃文斯 （又看看表）此刻他们应该排列好，随时准备出发了。（用拳头捶着栏杆——让自己压抑的情感爆发出来）加油啊，戈登！

尼娜 （吓了一跳——紧张而恼火地）萨姆！我告诉过你，我头疼得快要炸开了！（情绪激烈地思索着）

你这粗俗的乡下佬！戈登和她订婚全是你的错！

埃文斯 （气哼哼地）对不起。你为什么不吃点阿司匹林呢？（恼火地思索着）

尼娜情绪沮丧！查理身着丧服！一对多么让人扫兴的家伙啊！我本来想把戈登和他的朋友们带到游艇上来庆贺一番，没有机会！只能带上玛德琳，在纽约办个聚会，撇下这游艇。尼娜会火冒三丈的，但她将不得不同意……

达雷尔 （挑剔地打量着尼娜——思索着）

她已经陷入神经高度紧张的状态了，这使我想起我与她初次相识的时候……

（随后兴高采烈地）

谢天谢地，我又能客观地观察她了，经过在外面的这最后三年我终于做到了，完全治愈了！

（随后懊悔地）

可怜的尼娜！我们都把她抛弃了……

（随后瞥了一眼马斯登——带着一丝讥笑）

好像连马斯登也撇下她去怀念死人了!

马斯登 (隐约感到恼火 —— 思索着)

我在这儿做什么? 这场无聊的比赛跟我有什么关系? 为什么我竟让尼娜把我硬拉了来呢? 我应当独自待着,怀念我亲爱的珍妮,到星期六她去世就两个月了……

(他的嘴唇颤抖着,泪水涌上眼眶。)

玛德琳 (烦躁地叹了口气,放下望远镜)没办法,埃文斯先生,我什么也看不见。

埃文斯 (气愤而厌恶地)要是那该死的收音机能响就好了!

尼娜 (恼怒地)看老天的分上,别再说那么多脏话!

埃文斯 (被刺痛 —— 愤慨地)要是我兴奋起来那怎么办? 在我看来,你就是再表现出一点儿兴致,也没有什么害处,这是戈登在大学里的最后一场比赛,是他最后一次露脸的机会!

(他转身背对着她。)

玛德琳 (思索着)

他是对的,她的举止太不像话,假如我是戈登的母亲,我肯定不会……

埃文斯 (朝尼娜转回身去 —— 怨恨地)你先前曾经可着嗓子为戈登·肖欢呼! 而我们的戈登作为一名划桨手,至少要胜他一英里! (转向达雷尔)这并不是我做父亲的瞎说,内德! 所有的行家都这么说!

达雷尔 (挖苦地)哦,别这样,萨姆! 毫无疑问,没有任何人能在任何方面超过戈登! (他讥笑着瞥了尼娜一眼,随即生起自己的气来)

真是个白痴! 我又说出了这种话! 老毛病! 这些年来我已

经不爱她了呀!

尼娜 （无动于衷地思索着）

内德依然感到嫉妒，这已经不再让我开心了。我什么都感觉不到，除了我必须让他帮我的忙……

（她愤愤地转向达雷尔）萨姆说"我们的"戈登，他指的是他的戈登。戈登已经变得那么像萨姆，内德，你会认不出他的!

玛德琳 （愤慨地思索着）

她疯了! 他一点儿也不像他的父亲! 他是那么强壮，那么英俊!

埃文斯 （和气地，怀着一丝骄傲）你这是恭维我，尼娜。我倒希望我能那么认为，但他哪一点也不像我，这是他的福气。他是那个处在最佳状态的戈登·肖的惟妙惟肖的翻版。

玛德琳 （思索着）

肖，我在体育馆里见过他的照片。我的戈登更漂亮。有一次他告诉我，肖是他母亲旧时的情人。人们说他母亲以前美极了……

尼娜 （摇摇头——轻蔑地）别谦虚了，萨姆。戈登是你的。他也许是个酷似戈登·肖的优秀运动员，这是因为你曾把戈登·肖作为你的理想楷模树立在他面前，但他们的相似之处到此为止。他真的一点也不像他，一丁点也不像!

埃文斯 （强压住自己的怒气——思索着）

这一套真让我烦透了! 她这些嫉妒和牢骚太过分了!

（突然爆发，用拳头捶着栏杆）你混账，尼娜，假如你有一点点感情，你也不会——恰恰在这个时候，他很可能正要上赛艇——（他打住话头，努力控制着自己，气喘吁吁的，脸涨得通红。）

尼娜 （反感地盯着他——冷漠而鄙夷地）我没说什么难听话

呀——我只是说戈登的性格像你。(怀着恶意)别太激动了,这对你的高血压不好。问问内德是不是这样。(急切地——思索着)

要是他死了该有多好!

(思索着——紧接着)

哦,我不是这个意思,我不应该……

达雷尔　　(机敏地思索着)

对死亡的期待,事情发展得太过分了,萨姆看上去确实像是血压不正常,这若是在某个时候将会给我什么样的希望啊!已经不会了,谢天谢地!

(以开玩笑的口气)哦,我想萨姆一切正常,尼娜。

埃文斯　　(粗暴地)我从来没像现在感觉这么好。(他又一次扯出表来)是出发的时候了。到船舱里去喝一杯吧,内德。我们去看看麦卡伯是不是快把那该死的收音机修好了。(他从马斯登身旁经过时恼怒地拍拍他的肩膀)来吧,查理! 振作起来!

马斯登　　(从恍惚状态中惊醒——昏头昏脑地)嗯?——什么事?——他们过来了吗?

埃文斯　　(恢复了他的好脾气——咧嘴一笑,搀起他的胳膊)你来喝一杯。依我看,你得喝十杯,才能有足够的精神看到比赛的结局! (对已经起身但依然站在椅子旁的达雷尔说)来吧,内德。

尼娜　　(急忙地)不,把内德留给我,我要和他谈谈。把玛德琳——还有查理——带走吧。

马斯登　　(恳求地望着她)可我坐在这儿舒服极了——(随后望了望她的眼睛——思索着)

她想单独和达雷尔在一起,好吧,现在无所谓了。他们的爱情已经死亡了，但他们之间依然有个秘密，她从没告诉过我，没关系，总有一天她会告诉我的。她将只剩下我一个人，过不了多久……

（随后被愧疚所攫住）

可怜的、亲爱的珍妮！我怎么能够不想你而去想别的人呢！天哪，我太卑劣了！我要去和那个傻瓜喝个烂醉！我也只能做这件事了！

玛德琳 （怨恨地思索着）

她用那种把这个小丫头打发掉的傲慢口气对待我！现在我让着她，可一旦我结了婚！

埃文斯 那么来吧，玛德琳。我们给你一小杯。（不耐烦地）查理！打起精神来！

马斯登 （兴奋而快活地）我希望那是烈性的毒药！

埃文斯 那是烈酒！我们只不过是和你开个玩笑而已！

玛德琳 （大笑，走过去搀起马斯登的臂膀）我会负责把你平平安安送回家的，马斯登先生！（他们走入船舱，埃文斯跟在后面。尼娜和达雷尔转过身，惊异地、探究地对视了很久。达雷尔依然站立着，似乎有一点不自在。）

达雷尔 （情绪低沉地思索着）

现在谈？谈什么？我可以直视她的眼睛，奇异的眼睛，永远不会衰老，没有欲望，没有嫉妒，没有怨愤。她曾经是我的情人吗？她能是我孩子的母亲吗？有我儿子这么一个人吗？我再也不能把这些事情视作真实的，它们肯定是发生在另一个生命之中……

尼娜 （悲哀地思索着）

我先前的情人,他看上去多么健壮、多么年轻,现在我们一点也不相爱了。我们和上帝父亲的账已经结清了,用许多年的痛苦来支付那些快活的下午——爱情、激情、狂喜——它们存在于多么遥远的生活之中啊!唯一活着的生命存在于过去、存在于未来。现时只是一个插曲——一个奇异的插曲,在这里我们呼唤过去和未来,请它们证明我们是活着的!

(悲哀地笑了笑)坐下吧,内德。当我听说你回来了时,我给你写了信,因为我需要一个朋友。我们相爱已经是那么久以前的事情了,现在我们可以再次成为朋友,你不这么认为吗?

达雷尔 (感激地)是的,我是这么认为的。(他把左边的一把椅子朝她拖近些,坐了下来。审慎地思索着)

我愿意做她的朋友,但我决不……

尼娜 (审慎地思索着)

我必须非常冷静、非常理智,否则他不会愿意帮助我——(友好地笑了笑)自我认识你以来,我从没见过你像现在这样年轻,这样英俊。把你的秘诀告诉我吧。(酸楚地)我需要知道!我老了!看看我吧!我曾经真心盼望衰老!我以为衰老意味着安宁。可我的幻想可悲地破灭了!(随后强作笑容)所以,告诉我你寻求到了什么样的青春源泉。

达雷尔 (自豪地)这很容易。工作!我变得对生物学很感兴趣,就像我先前对医学很感兴趣一样,而且不是那种出于自私的兴趣,这就是区别所在。我很清楚,我不可能成为著名的生物学家,我只是这一行里的一个普通工作者。但正如萨姆所说,我们的研究站是个"大大的成功"。我们已经做出了一些极为重要的发现。我用的是"我们"这个词,但其实我是指普雷斯顿。你也许记得我常常在给你的信里热情洋溢地赞美他，他也确实配得上。他正在使自己名扬全世界。假如我多一点毅力、少一点虚荣，假如我坚守住自己的事业——我本来可能成为他那样的人——我确实具有那种头脑，尼娜！（随后强作笑容）然而我并不是在悲叹。在帮助他的过程中，我找到了自我，以这样一种方式，我感到还清了自己的一笔债——他的工作有一部分是我做的，而他也承认这一点。他拥有知恩图报这种罕见的美德。（骄傲而满怀深情地）他是个出色的小伙子，尼娜！我想我应当用"男人"这个词，因为他已经三十多岁了。

尼娜　（酸楚而悲伤地思索着）

那么，内德，你还记得我们的爱，怀着怨愤！把它视作一个愚蠢的错误！视作因为没有毅力、爱慕虚荣而毁掉自己事业的一个明证！唉！

（随后控制住自己——刻薄地思索着）

好吧，说到底，我又是怎样记得我们的爱情的呢？不带一丝情感，甚至不带一丝怨愤！

（随后怀着突如其来的惊恐）

为了这个普雷斯顿，他已经忘记了戈登！

（绝望地思索着）

我一定要让他记得，戈登是他的孩子，否则我永远无法说服他帮助我。

（责备地）那么，你找到了一个儿子，而我失去了我的儿子——也是你的儿子！

达雷尔　（为这句话所震动——生出一种不带个人情感的兴趣）先前

我从没有过这个念头，但这会儿我想起来了——（微笑）是的，也许我在无意识之中把普雷斯顿当作一个填补空缺的替身。嘿，这对我们俩都有好处，又不伤害任何人。

尼娜 （愤愤地、强调地）除了你的亲生儿子——还有我——可依我看，我们是无关紧要的！

达雷尔 （冷漠地）伤害戈登？怎么伤害？他一切都很好呀，不是吗？（讥笑）我要说，据我所听到的一切，他是你的校园英雄典范——就像他那个永远不被人忘怀的同名者一样！

尼娜 （怨恨地思索着）

他在讥笑他自己的儿子！

（随后努力让自己不动声色）

但我决不能生气，我一定劝说他帮助我……

（以温和的责备口气说）而我是快活母亲的典范吗，内德？

达雷尔 （当即被怜悯之心所打动，感到羞愧）原谅我，尼娜。恐怕我还没有完全埋葬我的怨愤。（温柔地）你不快活，我很难过，尼娜。

尼娜 （心满意足地思索着）

他是这个意思，他依然在乎一点点，真希望这足以！

（悲哀地说）我失去了我的儿子，内德！萨姆已经把儿子完全变成他的了。而他是一点一点做到的，尽管我意识到正在发生什么事情，我也没有办法去干预。萨姆提出的建议好像总是最有益于戈登前途的事情，总是戈登自己想要做的事情，从我身边逃离，逃到寄宿学校去，逃到大学去，成为萨姆的体育英雄……

达雷尔 （不耐烦地）哦，得啦，尼娜，你自己知道，你一直盼着他和戈登·肖一样嘛!

尼娜 (不由自主地叫喊起来——凶暴地)他不像戈登!因为这个他已经忘记了我——!(竭力让自己更理智一点)他是不是运动员跟我有什么关系?全是胡说八道,所有这些都是废话!比方说,我对今天这场比赛一点也不感兴趣!他就是倒数第一我也不在乎!(打住自己的话头——惊恐地思索着)

啊,假如他猜想到我说这番话!

达雷尔 (机敏地思索着)

嘿!她说这话就像她真想看到他倒数第一似的!为什么?

(随后怀恨地)

哦,我也会这样想的!……应该是这些戈登们遭受人生惨败的时候了!

玛德琳 (突然出现在船舱门口,她的脸庞因为激动而涨得通红)他们出发了!埃文斯先生收到了点声音——很不清晰,但是——"海军号"和"华盛顿号"在前面,戈登在第三!(她消失在舱内。)

尼娜 (满怀仇恨望着她的背影)

她的戈登!她是那么有把握!我是多么讨厌她那张俏面孔啊!

达雷尔 (面露讥笑思索着)

"戈登是第三!"你也许以为没有别人划那条赛艇了!为了那些戈登们,这些女人让自己变成了什么样的白痴啊!她是挺俊俏,那个玛德琳!她的身段就像我当初爱上尼娜时她的身段,那些下午,岁月已经开始在尼娜的脸上显现出痕迹,可她依然保持着奇妙的胴体!

(怀着一丝恶意——干涩地)有一位年轻女士好像对戈登是不是倒数第一非常在乎!

尼娜 (竭力做出悲痛和恳求的模样)是的。现在戈登是她的了,内德。(但她无法忍受这个念头——怀恨地)这意思是说,他们订了婚了。不过,当然,那并不一定意味着——你能想象到他把自己交付给那样一个小傻瓜吗? 我简直不能相信他会真的爱她! 你瞧,她甚至算不上俊俏,而且愚蠢透顶。我想,他只不过是和她玩玩——或者只不过是放纵一下转瞬即逝的肉欲。(她畏缩了一下)在他这个年龄,你不得不想到——即使是母亲也得面对人的本性。但若要说戈登对她是认真的,向她求婚——这太愚蠢了,简直无法用言语形容!

达雷尔 (刻薄地思索着)

噢,所以在他和她睡觉这件事上,你可以妥协,假如你不得不的话,但她绝对没有抢夺你的所有权的真正资格,是吗? 你想使她成为随时满足他的需要的奴隶,就像我是你的奴隶一样!

(怨恨地)我不同意你的看法。我认为她非常迷人。在我看来,假如我处于戈登的位置,我所做的事情将会和他做的分毫不差。(困惑——愤愤地思索着)

处于戈登的位置! 我以前一直处于戈登·肖的位置! 为什么我要站在这位年轻戈登一边呢? 上帝啊,他跟我有什么关系?

尼娜 (不予理会)假如他娶了她,那将意味着他忘掉了我! 他将像萨姆忘掉他母亲那样把我忘得一干二净! 而她会阻止他亲近我的! 哦,妻子们能做出什么事情来,我很清楚! 她会用她的肉体引诱他忘掉我! 我的儿子,内德! 也是你的儿子！（她突然起身走到他面前，双手握住他的一只手）我们往昔爱情的儿子，内德！

达雷尔 （当她触到他时，他既被她吸引又感到恐惧，怪异地颤抖了一下，思索着）

我们的爱情，往昔的爱情，往昔她肌肤的那种感觉。我们老了，这是愚蠢的，是不体面的。她以为她依然能够占有我吗？

尼娜 （以母亲在丈夫面前谈起他们儿子的口气）你得和戈登好好谈谈，内德。

达雷尔 （更加心烦意乱——思索着）

往昔，可她依然保持着美妙的胴体，已经过去多少年了？她对我依然具有同样奇异的影响力，碰一下她的肌肤，这是危险的，瞎说，我只不过是以一个朋友的身份迁就她罢了，作为她的医生，为什么我不应该和戈登谈一次呢？一个父亲对他的儿子负有某种义务，他应当给他出出主意……

（随后惊恐地）

但我从没打算再掺和……

（坚定地）我发过誓，再也不掺和人类的生活，尼娜！

尼娜 （不予理会）你必须阻止他，不能让他毁了自己的人生。

达雷尔 （固执地——内心斗争着）我决不去碰一碰拥有一个以上细胞的生命！（粗暴地）无论如何，在这件事上我不能帮你！你必须得放弃占有他人的念头，别去插手他们的生活，好像你是创造他们的上帝似的！

尼娜 （诧异而凄凉地）我不懂你的意思，内德。戈登是我的儿子，不是吗？

达雷尔 （以一种突如其来的、莫名其妙的凶猛）是我的！也是我

的！（他打住自己的话头，思索着）

住口，你这个傻瓜！你就是这么迁就她的吗？

尼娜 （以出奇的平静口气）我想我依然有点爱你，内德。

达雷尔 （用她的口气）我也依然有点儿爱你，尼娜。（随后坚定地）但我决不再插手你的生活！（发出一声刺耳的大笑）而你已经插手干预了足够多的人类爱情，老太太！你干这种事的时候已经过去了！我将给你邮寄两百万个细胞，你可以既折磨它们又不伤害你自己！（重又控制住自己——羞惭地）尼娜！请原谅我！

尼娜 （好像从梦中惊醒似的——焦虑地）你刚才在说些什么，内德？（她松开他的手，回到自己的椅子上。）

达雷尔 （闷声地）没说什么。

尼娜 （怪异地）我们刚才在谈论萨姆，不是吗？你觉得他看上去怎么样？

达雷尔 （困惑而不经意地）很好啊，当然，有点太胖了。他看上去好像是血压可能比正常的偏高些，可这在他这种体格和年龄段的人中间是很常见的。没有什么可期盼的——我的意思是，没有什么可担心的！（随后凶暴地）让上帝给予惩罚吧，你为什么要让我说出期盼这两个字来呢？

尼娜 （镇定地）这大概也是你一直在心里想着的，不是吗？

达雷尔 不！对萨姆我没有任何敌意。我一直是他最好的朋友。幸亏有了我，他才过得快活。

尼娜 （怪异地）有许多稀奇古怪的原因是我们思考事情时所不敢想的！

达雷尔 （粗鲁地）思考算得上什么！人生是单个细胞里面的某

种东西，不需要思考！

尼娜 （怪异地）我知道！上帝母亲！

达雷尔 （激动地）所有其他的一切都是缺乏毅力的，都是自私自利的！但让这一切统统见鬼去吧！我刚才打算说的是，我能出于什么潜在的理由期盼萨姆死去呢？

尼娜 （怪异地）我们一直热切盼望着自己或者他人的死亡，不是吗——在我们借助那种觊觎我们邻人驴子的古老而浅薄的礼节消磨我们生命的同时？

达雷尔 （惊恐地）你现在讲起话来又像先前那个尼娜了——就像我初次爱上你的时候。请别这样！这有失身份——在我们这个年纪！（心惊胆战地思索着）

先前那个尼娜！我是先前那个内德吗？那么这意味着？但我们绝对不能再互相插手对方的生活！……

尼娜 （怪异地）我就是先前那个尼娜！这一次我决不能让我的戈登永远地从我身边离去！

埃文斯 （出现在船舱门口——激动而恼火地）现在玛德琳在听呢。我听不见。（走到栏杆跟前，举起望远镜，朝河上游望去）我终于看到了，戈登第三，"海军号"和"华盛顿号"领头。他说过，这两条赛艇叫人担心——特别是"海军号"。（放下望远镜——叹息一声）该死的雾气！我渐渐老眼昏花了。（随后突然咧嘴一笑）你们应当去看看查理！他开始一个劲地往肚里灌威士忌，好像是在争分夺秒地喝酒。我不得不把酒瓶从他手里夺走。那酒让他醉得可不轻。（随后看看这个，望望那个——怨恨地）你们俩怎么回事？那边正在进行一场比赛，难道你们不知道吗？而你们坐在这儿活像死了的蛤蜊！

达雷尔　　（安抚地）依我看,最好有人待在这儿,他们一出现就去告诉你。

埃文斯　　（松了一口气）哦,当然,这就对了! 给你,拿着望远镜。你的视力一直很好。（达雷尔站起身,接过望远镜,走到栏杆前,开始调整望远镜。）

达雷尔　　你刚才说戈登最害怕哪一条赛艇?

埃文斯　　（已经走回到船舱门口）"海军号"。（随后骄傲地）哦,他会击败他们的! 但差距会很小。我要去看看玛德琳是否收听到——（他走回到船舱里去了。）

达雷尔　　（望着河的上游——怀着复仇的怨愤——思索着）

加油呀,"海军号"!

尼娜　　（愤愤地思索着）

玛德琳的戈登! 萨姆的戈登! 为了救萨姆,我牺牲了自己的快活,这就是我得到的感谢! 我决不接受! 萨姆现在出什么事与我有什么关系? 我恨他! 我要告诉他,戈登不是他的孩子! 我要吓唬他说,也要把这件事告诉戈登,除非! 他会被这话吓死的! 他很快就会找到解除他们婚约的理由! 他会的! 对戈登,他有着最最奇异的影响力! 但内德必须为我撑腰,否则萨姆是不会相信我的! 内德也必须告诉他! 可内德会吗? 他会担心那种家族疯病! 我必须让内德相信,萨姆没有那种危险……

（情绪激烈地）听着,内德,根据萨姆的母亲去世前写给我的那些信,我绝对地确信,那一次她给我讲什么家族疯病,肯定是故意撒谎。我敢肯定,因为萨姆爱我,她感到嫉妒,她这样做只是为了报复。

达雷尔　（并没有放下望远镜——干涩地）不对,她对你说的是实情。我从来没提起过,可我到那儿去了一次,彻彻底底地调查了他的家族。

尼娜　（怨恨而失望地）哦——依我看,你是要弄个水落石出,这样你就可以盼着他发疯吧?

达雷尔　（坦率地）当时我需要让自己能够这么盼望着。那个时候,我爱你爱到了极点,尼娜——爱到了极点!

尼娜　（伸出双手抚住他的臂膀）你现在不爱——不再爱了吗,内德?（紧张地思索着）

哦,我一定要让他再爱我,爱得足以让他把那件事告诉萨姆!

达雷尔　（怪异地思索着——内心斗争着）

她又想占有我,但愿她别再碰我,维系昔日我们肉体快活的是什么样的纽带啊?

（严厉地——软弱无力地挣脱她的双手,并未放下望远镜）我告诉过你,我不再插手人类的生活了!

尼娜　（不予理会,依偎到他身上）那时我爱你爱到了极点!我依然爱你,内德!我自己也常常盼着他发疯,因为我是那么地爱你!但看看萨姆吧!他正常得像头猪!现在绝对没有任何危险了!

达雷尔　（思索着——惊慌地）

她现在想干什么?她想要我做什么?

（生硬地）我不再是医生了,可我应当说,他是大自然的一个正常失误。时至今日,这几乎可以绝对肯定了。

尼娜　（突然间凶猛而激烈地）那么,该是告诉他事实真相的时候了,不是吗?为了他的缘故,我们吃了一辈子的苦!我们已经使他既富有又快乐了！该是他归还我们儿子的时候了！

达雷尔　（思索着）

啊哈！原来是为这个！把事实真相告诉萨姆？终于要讲出来了！天哪，我很想把这件事告诉他，就这么告诉他！

（讥笑一声）我们的儿子？你的意思是说你的，我亲爱的！行行好，别再指望我会进一步插手……

尼娜　（不为所动——执着地）但假如只是我一个人告诉萨姆，他是不会相信的。他会以为我出于怨恨而撒谎，以为那只是我疯狂的嫉妒！他会问你的！你也得告诉他，内德！

达雷尔　（思索着）

我真想看看，当我告诉他那个闻名遐迩的划桨手不是他的而是我的儿子时，他是副什么样的面孔！那也许会补偿一点点他从我这儿夺走的一切！

（严厉地）我告诉你，我已经不再插手萨姆的生活了！

尼娜　（坚定地）想一想萨姆使我们经历了什么，想一想他是如何使我们遭受痛苦的吧！你必须得告诉他！你依然有点爱我，对吧，内德？只要你依然记得我们拥抱在一起时所体验到的那种快活，你就必须这么做！我一生中体验到的唯一快活就是你给的！

达雷尔　（软弱无力地挣扎着——思索着）

她撒谎！她从前有过情人，戈登！他总是排在第一位！然后是她的儿子，戈登！

（怀着深仇大恨——思索着）

加油啊，"海军号"！为了我，打败她的戈登！

尼娜　（激烈地）哦，假如那一次你从欧洲回来时我和你一起离开，该有多好啊！我们将会多么快活啊，亲爱的！我们的儿子将会多么爱你——假如不是因为萨姆！

达雷尔　（思索着——软弱无力地）

是的，假如不是因为萨姆，我将会多么快活！我将会成为世界上最伟大的精神病专家！我的儿子将会爱我，我也会爱他！

尼娜　（以一种前所未有的激烈击溃了他的最后防线）你必须告诉他，内德！为了我的缘故！因为我爱你！因为你记得我们的那些下午——我们疯狂的快乐时光！因为你爱我！

达雷尔　（被打垮——茫然不知所措地）是的——我必须做什么呢？——再次插手？

（船舱里传出一片喧闹，玛德琳激动的欢呼、拍手声，马斯登醉醺醺的叫嚷，埃文斯的声音，他们全都喊着："戈登！戈登！加油啊，戈登！"马斯登摇摇晃晃地出现在舱门口，高声叫唤着"戈登！"他醉得满脸通红。达雷尔打了个剧烈的寒战，仿佛正从噩梦中醒来。他把尼娜从自己的身旁推开了。）

达雷尔　（思索着——依旧茫然不知所措，但以一种如释重负的口气）

又是马斯登！感谢上帝！他拯救了我！从她手里！和她那些戈登的手里！

（得意扬扬地转向她）不，尼娜——对不起——但我不能帮你。我告诉过你，我决不再插手人类的生活！（越来越自信地）再说，我十分肯定，假如这一事实真正的深奥本质被公之于众的话，戈登就不是我的儿子！对你来说，我只是一具躯体。你的第一位戈登常常借我的躯体复活，我不过是你死去情人的替身罢了！戈登其实是戈登的儿子！所以你瞧，我是在向萨姆撒谎,假如我夸口说,我 —— 而我是个有荣誉感的人!至少我证明了这一点!(他举起望远镜,望着河的上游 —— 欢悦地思索着)

我自由了!我终于击败了她!现在,加油啊,"海军号"!你必须得为我击败她的戈登!

尼娜 (凝视他片刻之后 —— 从他身旁走开 —— 怀着听天由命的阴郁心情思索着)

我失去了他,现在他决不会告诉萨姆了,他说得对吗?戈登是戈登的儿子?啊,我希望如此!啊,亲爱的、逝去了的戈登呀,帮我把你的儿子夺回来吧!我必须想出个办法来 ——(她又坐下来。)

马斯登 (他一直露出傻乎乎的笑容盯着他们俩)喂,你们两个!为什么你们看上去那么心虚呢?你们不再相爱了!全是胡说八道!我没有感到一丝一毫嫉妒的痛苦。这已经是足够的证明了,不是吗?(随后木然地表示歉意)宽恕我吧,假如我听起来有一点怪腔怪调 —— 有很大的一点点!萨姆说喝十杯,可我只喝了五杯,他就把瓶子从我手里夺走了!但这也足够了!我忘掉了悲伤!我向你保证,尼娜,人生中没有什么值得伤心的!而现在我对这场比赛产生了兴趣。(他沙哑地唱了起来)"啊,我们划呀、划呀、划呀,一直朝河下游划去!我们划呀、划呀、划呀 ——"还记得这首老歌吗 —— 当你是个小姑娘时,尼娜?哦,我忘记了,萨姆要我告诉你,戈登已经跟前面那两条赛艇齐头并进了!这是一次勇敢冲刺的结果!谁胜谁负现在难以预料!我不在乎谁会赢 —— 只要不是戈登的赛艇就行!自他长大以后,我就不喜欢他了!他把我看成个老女人！（唱了起来）"划呀、划呀、划呀"，大家一起来打败戈登！

达雷尔　（兴奋地）太对啦！（他从望远镜里望过去——激动地）我看见河那边航线上有东西在闪烁！肯定是他们的船桨！他们来了！我要去告诉萨姆！（他匆匆奔入舱内。）

尼娜　（木然地思索着）

他要去告诉萨姆，不，他不是指那件事，我必须另想出个办法……

马斯登　（脚步有点蹒跚地走到尼娜的椅子旁边）今天戈登真的应该被打败——这对他的心灵有好处，尼娜。那个玛德琳很俊俏，不是吗？这些戈登们的运气好得不能再好了——而我们其余的人——（他几乎要哭出来了——气愤地）今天我们其余的人必须得把他打败！（他笨手笨脚地跌坐到她椅子旁边的甲板上，拉过她的手，轻轻拍着）好啦，好啦，尼娜·卡拉·尼娜！别让你那俊俏的脑袋烦恼了！一切都会圆满结束的！我们只要再等上很短一段时间，随后你和我就可以平平静静地结婚了！（惊恐地思索着）

见鬼！我说了些什么呀？我喝醉了！好吧，那就更好了！我这辈子一直想告诉她！

当然，我明白，眼下你有个丈夫，可是没关系，我可以等待。我已经等待一辈子了，但很久以来我一直有一种强烈的心理直觉，我命中注定不会在那之前死掉——（埃文斯、玛德琳和达雷尔从船舱里冲了出来，他们全都拿着望远镜。他们跑到栏杆前，把望远镜对准河的上游。）

玛德琳　（激动地）我看到他们了！（抓住埃文斯的胳膊，指着那边）

看哪，埃文斯先生 —— 那儿 —— 你没看见吗？

埃文斯 （激动地）没有 —— 还没看见 —— 看见了！现在我看见他们了！（捶着栏杆）加油啊，戈登，我的儿子！

玛德琳 加油啊，戈登！（从河的上游传来了赛艇的哨声和笛声。随着一条又一条赛艇加入这种合唱之中，随着赛艇越划越近，这声音一分一秒地增强，直到这一幕快结束时，完完全全变成一种地狱里的嚎叫。）

尼娜 （怀着刻骨的怨恨 —— 思索着）

我是多么恨她呀！

（随后突然歹毒而不动声色地）

为什么不告诉她呢？就像萨姆的母亲告诉我一样？告诉她那种家族疯病？她还以为戈登是萨姆的儿子呢。

（露出歹毒而得意的微笑）

那将是富于诗意的公正结局！那将把一切都解决了！她不再会愿意嫁给他！他将到我这儿寻求慰藉！不过我必须仔仔细细地盘算好这件事！

马斯登 （不由自主地 —— 放肆地）听着，尼娜！我们结婚之后，我要写一部小说 —— 我第一部真正的小说！我已经创作的那二十部杂书都是写给成年人看的冗长的童话故事 —— 写的全是可爱的老太太、有才气却玩世不恭的鳏夫、操着方言的古怪人物、相敬如宾的已婚夫妇、在悄声耳语中只字不提爱情的恋人！我就一直是个这样的人，尼娜 —— 一个压低声音说谎的人！现在，我要发出一声诚实的、健康的呼喊 —— 让阳光照进谎言的阴影 —— 大声说："这就是生活，这就是性，这儿有激情、仇恨、懊悔、欢乐、痛苦和狂喜，这些是男人、女人、儿子、女儿,他们的心肠既软弱又强硬,他们的鲜血就是鲜血,不是镇咳糖浆!"啊,我能够做到,尼娜! 我能够把真正的现实写出来! 在你身上,在你父亲身上,在我母亲和妹妹身上、在戈登身上、在萨姆身上、在达雷尔身上、在我自己身上,我已经看到了真正的现实。我要写我们的书! 可我在这儿谈论的时候,我的最后几章正在构思 —— 就在此时此地 ——(急匆匆地)你会原谅我的,尼娜,对吗? 我必须观察 —— 这是我作为一个艺术家的责任!(他挣扎着站起身,兴奋而急切地四下里望着。尼娜全然没有理会他。)

埃文斯　(恼怒地放下望远镜)你什么也看不清楚 —— 哪一条是哪一条,或者谁在前面 —— 我要去听收音机了。(他匆匆奔入舱内。)

尼娜　(露出一个冷酷而得意的微笑 —— 思索着)

我可以告诉她,私下里,我可以装作我是迫不得已才告诉她的,就像萨姆的母亲过去告诉我那样,因为我感到事关她和戈登的幸福,这将能够解释我为什么反对他们订婚。啊,这肯定会成功的,我的戈登会回来的! 我将使他永远不再离开!

(呼唤道)玛德琳!

马斯登　(思索着)

为什么她要呼唤玛德琳呢? 我必须仔细观察这一切!

埃文斯　(狂乱而惊慌地冲出来)坏消息!"海军号"冲到了前面 —— 领先半条艇身的长度 —— 他说,看来"海军号"要获胜了 ——(随后凶暴地)可他懂什么,那个该死的傻瓜解说员 —— 可怜的笨蛋 ——!

玛德琳 （激动地）他不了解戈登！只要他尽到全力，他总是最优秀的！

尼娜 （她更加尖厉地呼唤着）玛德琳！

达雷尔 （转身盯着她——思索着）

为什么她要呼唤玛德琳呢？她打定主意要插手他们的生活……我得留神她……好吧，让我们看看……

（他拍拍玛德琳的肩膀）埃文斯太太叫你呢，阿诺德小姐。

玛德琳 （不耐烦地）听见啦，埃文斯太太，可他们越来越近了。为什么你不过来看看呢？

尼娜 （不予理会——咄咄逼人地）有一件事我必须告诉你。

玛德琳 （怀着无可奈何的恼火）但是——哦，好吧。（她快步朝她走过来，急切地回头眺望着河面）什么事，埃文斯太太？

达雷尔 （从栏杆处走向他们——机敏地思索着）

我必须留神……她正不顾一切地想要插手呢！……

尼娜 （咄咄逼人地）首先，我要求你以你的名誉保证，你永远不会把我要告诉你的话泄露给任何一个活人——特别是不能泄露给戈登！

玛德琳 （惊异地望着她——安抚地）你能不能待会儿再告诉我，埃文斯太太——在比赛结束之后？

尼娜 （严厉地——抓住她的手腕）不，就在现在！你保证吗？

玛德琳 （怀着无可奈何的烦恼）我保证，埃文斯太太。

尼娜 （严厉地）为了你和我儿子未来的幸福，我必须得说出来！你们的婚约迫使我这么做！你大概觉得奇怪，为什么我反对你们订婚！这是因为这桩婚姻是不可能的，你不能嫁给戈登！我是作为你的朋友这么说的！你必须马上解除你和他的婚约!

玛德琳 （不能相信自己的耳朵——突然间惊慌失措）但为什么——为什么?

达雷尔 （他已经走得更近了——怨恨地思索着）
她想要毁掉我儿子的人生,就像她毁掉我的那样!

尼娜 （冷酷无情地）为什么? 因为……

达雷尔 （突然冲到他们的身旁——凶狠而严厉地命令道）不行,尼娜!（他拍拍玛德琳的肩膀,把她往一边拉。尼娜松开玛德琳的手腕,在某种不知所措的恍惚状态中盯着他们的背影）阿诺德小姐,作为一个医生,我觉得自己有责任告诉你,埃文斯太太不正常。对她可能讲给你听的任何事情,你都不要理会。她刚刚经历过女人一生中的危急时期,她对你怀有病态的嫉妒,她常常产生古怪的幻觉!（他和气地冲她笑笑）所以,回去看比赛吧!上帝保佑你!（他紧握住她的手,莫名其妙地动情了。）

玛德琳 （感激地）谢谢你。我想我能理解。可怜的埃文斯太太!

（她匆匆跑回栏杆处,举起望远镜。）

尼娜 （跳起身来,又能够开口说话了——以不顾一切的谴责口气）内德!

达雷尔 （快步走到她身旁）我很抱歉,尼娜,但我警告过你不要插手。（随后满怀深情地）戈登是——这个嘛——算是我的继子,不行吗? 我真心希望他快活。（随后快活地笑笑）虽然如此,我还是禁不住盼着他在这场比赛中被击败。作为一个划桨手,他使我回忆起他的父亲戈登·肖。（他转身走开,回到栏杆前,举起望远镜。尼娜再次跌坐到椅子上。）

埃文斯 真该死! 从这儿看他们全在一条线上! 你能分辨出哪

一条是哪一条吗,玛德琳?

玛德琳 不能 —— 还不能 —— 哦,天哪,这太可怕了!戈登!

尼娜 (向自己四周的空中望去 —— 恍恍惚惚地发问)戈登?

马斯登 (思索着)

那该死的达雷尔!……要不是他插手,尼娜就会讲出来 —— 某种无比重要的事情,我知道的!……

(他走过来,再次坐到她椅子旁边的甲板上,握住她的手)因为什么,尼娜 —— 我亲爱的小尼娜·卡拉·尼娜 —— 因为什么?让我来帮助你吧!

尼娜 (盯着自己的眼前,似乎处于恍惚状态 —— 率直地,就像个年轻姑娘)是的,查理。是的,父亲。因为萨姆父亲家的所有人都是疯子。那个时候,他的母亲把这件事告诉我,要我别生下他的孩子。我本来打算把这件事告诉玛德琳,叫她不要嫁给戈登。但这其实是谎言,因为戈登根本不是萨姆的亲生孩子,他是内德的。内德把他给了我,我把他给了萨姆,这样萨姆才可能有一个健康的孩子,才能正常,才能快活。而萨姆现在是正常的,是快活的,你不这么认为吗?(孩子气地)所以,我并不一直是个坏女孩,对吗,父亲?

马斯登 (被他所听到的这番话吓得毛骨悚然,完全清醒过来了 —— 目瞪口呆地盯着她)尼娜!上帝呀!你知道你在说些什么吗?

玛德琳 (激动地)在那儿!靠这边的那条赛艇!我刚刚看到他们船桨上的颜色了!

埃文斯 (焦急地)你能肯定吗?那么他比那另外两条赛艇落后了一点点!

达雷尔 (激动地)似乎是中间的那条赛艇领先!那是"海军号"

吗?(但其他人没有理会他。所有三个人全都俯身在栏杆上,把望远镜紧贴在眼睛上,朝河上游望去。哨声和笛声的喧嚣现在已经很大了。可以听得见从观光列车①上传来的欢呼声。)

马斯登 (此刻怀着深深的怜悯盯住她的脸庞)仁慈的上帝啊,尼娜!那么你这些年来一直——生活在这种恐怖之中?你和达雷尔存心——?

尼娜 (不去看他——对着空中)萨姆的母亲说,我也有快活的权利。

马斯登 那么你不爱达雷尔了——?

尼娜 (与先前一样)我后来爱他。现在我不爱了。内德也死了。(柔声地)现在只有你还活着,父亲——还有戈登。

马斯登 (站起身,像父亲那样朝她俯下身去,怀着怪异、狂乱、欢悦的怜悯抚摸着她的头发)哦,尼娜——可怜的小尼娜——我的尼娜——你肯定受了不少苦!我宽恕你了!我宽恕你的一切!甚至连你想要告诉玛德琳的行为,我也宽恕了——你是想留住戈登——哦,我理解这一点——我宽恕你!

尼娜 (与先前一样——满怀深情地、怪异地)而我也宽恕你,父亲。起初完全是你的错,不是吗?你绝对不要再去插手人类的生活!

埃文斯 (激动得发狂)戈登冲刺了,是不是?他要赶上中间那条赛艇了!

玛德琳 是的!噢,加油啊,戈登!

达雷尔 (欢呼雀跃地)加油啊,"海军号"!

---

① 指沿江河岸边行驶的观摩赛艇比赛的观光列车。

埃文斯 （他就站在内德身旁，他怒气冲冲地旋风般朝他转过身去）你喊叫的什么？你有什么毛病吗？

达雷尔 （面对着他——以怪异的友好态度拍拍他的后背）我们得打败这些戈登呀，萨姆！我们得打败……

埃文斯 （勃然大怒）你——！（他举起了拳头——随后突然惊惧地意识到自己在干什么，但他依然很生气，揪住达雷尔的双肩摇晃着他）醒醒吧！你中了什么邪了？你疯了吗？

达雷尔 （嘲弄地）大概吧！我的家族有疯病史！我父亲家的所有人都是快活的疯子——不像你们家，萨姆，全是健壮的乡下人！哈！

埃文斯 （瞪着他）内德，老伙计，出什么事了？你喊着"海军号"。

达雷尔 （讥讽地——发出一声充满怨愤与绝望的大笑）说走嘴了！我想喊的是戈登！当然是戈登！人们一直要戈登——要他成功！加油啊，戈登！这就是命运！

玛德琳 他们冲过来了！两条赛艇都在冲刺！我能够看到戈登的后背！

埃文斯 （忘掉了其他的一切，反身回去看比赛）加油啊，小伙子！加油啊，儿子！（随着赛艇接近终点线，噪音汇成一片喧嚣的合唱。人们得呼喊、尖叫才能让别人听见。）

尼娜 （站起来——怀着怪异的、焦躁的、狂乱的情感思索着）我听见上帝父亲在大笑！啊，上帝母亲啊，请保护我的儿子！让戈登飞上天、飞到你那儿去吧！快点儿，戈登！爱情是上帝父亲的闪电！玛德琳会使你带着烈焰坠落下来的！我听到了上帝父亲尖厉的大笑声！飞回到我这儿来吧！

（她绝望地仰望天空，仿佛那儿正为她举行一场生与死的比赛。）

埃文斯 （抓住一根纵栏，冒着随时可能掉下去的危险把身体远远探出船外）再冲刺一下就得胜了！加油啊，儿子，加油！只有死亡才能打败戈登·肖！你也同样不会被打败的，戈登！让它在水面上飞起来呀，儿子！划呀！划呀！他领先了！嗨！冲线呀，儿子！让它冲线！划呀！成功了！他赢了！他赢了！

玛德琳 （在这段时间里一直尖声叫喊着）戈登！戈登！他赢了！啊，他晕过去了！可怜的、亲爱的宝贝！（她依然站在栏杆前，冒着危险探出身去，一手抓住栏杆，热切地朝下望着戈登的赛艇。）

埃文斯 （跳回到甲板上，欣喜若狂，手舞足蹈，面庞因为充血而涨成了紫色）他赢了！天哪，真悬哪！赛艇史上最伟大的比赛！他是上帝所造就的最伟大的划桨手！（抱住尼娜，疯狂地亲吻她）你不快活吗，尼娜？我们的戈登！最伟大的！

尼娜 （苦恼地——努力逼迫自己前言不搭后语地发出充满绝望的最后抗议）不！——不是你的！——是我的！——是戈登的！——戈登是戈登的儿子！——他是我的戈登！——他的戈登是我的！

埃文斯 （迁就她，安抚地——又一次吻她）他当然是你的，亲爱的——也是戈登·肖的惟妙惟肖的翻版！戈登的躯体！戈登的精神！也是你的躯体和精神，尼娜！他不像我，这是他的福气！我是个可怜的笨蛋！我从来就没能划起来过！（他突然好像喝得烂醉似的踉跄了几下，歪倒在马斯登的身上——随后一阵气喘，软绵绵地倒在甲板上，朝天躺着。）

马斯登 （呆呆地朝下盯着他——随后怪异地思索着）

我早就知道了！……我早就看到结局开始了！……

（他碰了碰尼娜的胳膊——低声说）尼娜——你的丈夫！（碰了碰达雷尔，后者一直站在那儿直勾勾盯住自己的前方，唇边挂着讥讽的苦笑）内德——你的朋友！达雷尔大夫——有一位病人！

尼娜 （朝下盯着埃文斯——缓慢地，似乎在努力让自己的思想回到他身上）我的丈夫？（突然发出痛苦的叫喊，跪到埃文斯身旁）萨姆！

达雷尔 （低头望着埃文斯——企盼地思索着）

她的丈夫终于——死了吗？

（随后因为自己竟有这样的念头而打了个寒战）

不！我并没有这么期盼！我没有！

（他叫喊着）萨姆！（他跪了下来，摸摸他的心跳和脉搏，细细观察他的面孔——变成地道内行的口气）他没有死，只是一次严重的中风。

尼娜 （悲伤地哭叫着）啊，内德，是我们往昔所有那些秘密期盼最终造成了他的中风吗？

达雷尔 （冷冷地盯着她，以内行的口气）胡说，埃文斯太太！我们不是在刚果，我们不相信什么魔法诅咒！（严厉地）以埃文斯先生的情况，他的心境必须保持绝对的平静和安宁，否则的话——还有一丝不苟的照料！你必须日夜守护着他！我也会的！我们必须得让他快活！

尼娜 （木然地）又是这个？（随后她也严厉地，仿佛是对自己发誓似的）我永远都不会离开他的身边！我永远都不会告诉他任何可能打扰他安宁的事情！

马斯登 （居高临下地站在他们旁边 —— 兴高采烈地思索着）

现在我用不着等很久了！

（随后羞愧地）

我怎么会想到这种事情呢，可怜的萨姆！他是……我的意思是，他是我的朋友……

（怀着不容置疑的忠诚）罕见的灵魂！纯真而率直的心灵！一个好人 —— 是的，一个好人！上帝保佑他！（他像个神父那样冲着那具躯体做了个赐福的动作。）

达雷尔 （出于真诚的、人性的悲伤，他的嗓音突然嘶哑了）萨姆，老伙计！我真要难过死了！为了救你，我愿意献出我的生命！

尼娜 （怀着麻木的痛苦）救他 —— 又一次？（随后怀着爱意亲吻埃文斯）亲爱的丈夫，你曾努力让我快活，我将再次向你奉献我的快活！我将把戈登交给你，好让你把他交给玛德琳！

玛德琳 （依然站立在栏杆前，盯着戈登的赛艇）

戈登，亲爱的宝贝，多么疲倦呀，但你会躺在我怀中休息的，你的头枕在我的胸口 —— 很快！

〔幕落〕

第　九　幕

景：几个月后，长岛，埃文斯家庄园的露台。露台的后部俯瞰着一个小小的港湾，远处是大海。露台右侧是这幢盛气凌人的别墅的边门，左侧是一道树篱，中间有一个通向花园的拱形出口。露台的地面铺着粗糙的石板，中间有一张长凳，右边是一把躺椅和一张藤桌，左边则摆着一把扶手椅。

〔这是初秋里的一天，下午较晚的时候。戈登·埃文斯正双手托着下巴坐在石凳上，玛德琳站在他的身后，胳膊搂住他的肩膀。戈登身高六英尺开外，有着训练有素的运动员体形，他那晒得黝黑的面孔格外英俊，颇有作为杂志封面人物的美国大学生的风貌。这是一张强健的面孔，但其力量在本质上是完全属于肉体的。他被培养成一个遵循着某种轨道向成功进发的人，这种培养是如此地深入彻底，以至于他从不质疑这种成功，对成功所给予的回报也一向心满意足。然而，尽管他是他那个轨迹上一个毫无想象力的、刻板的绅士，他却又是孩子气的、讨人喜欢的，具有平和而谦逊的磊落性情。他一副稚气的凄苦相，但他正像个男子汉那样努力遮掩自己的悲痛。

〔玛德琳和前一幕中大致相同，只是现在当她竭尽全力安慰戈登时，在她对待戈登的态度中清晰地表现出一种母亲般的、更为老成的情感。

玛德琳 （温柔地捋着他的头发）好啦，亲爱的！我知道这对你来说是多么地难以忍受。我也爱他，他待我是那么地和气可亲。

戈登 （嗓音颤抖着）我并没有真的感到他已经走了——直到在墓地。（他说不下去了。）

玛德琳 （吻他的头发）亲爱的！别这样！

戈登 （抗争地）真见鬼，我不明白他为什么会死！（叹息一声）都是因为在办公室长期劳累的缘故！我本来应当坚决要求他更好地照料自己，可麻烦在于我不常在家，我没法看住他。（随后满怀怨愤地）但我不明白，母亲为什么不看住他！

玛德琳 （责备地，但表现出与他有同感）别这样！你不该对她生出怨愤的情绪。

戈登 （懊悔地）我知道我不应该。（但又恢复了满怀怨愤的口气）可我不由得想起，对我们的订婚她是多么地蛮不讲理。

玛德琳 自你父亲病倒之后她就不那样了，亲爱的。她一直友好极了。

戈登 （以与先前同样的口气）友好？你的意思是冷漠吧！不论是这样还是那样，她似乎都一点也不在乎了！

玛德琳 你几乎不能指望她除了你的父亲还会想到其他任何人。

她每时每刻都守着他,我从来没见过这么心神专注的。(思索着)

戈登也会衰老,也会病成那个样子吗?啊,我真希望我们两个在那之前都死掉!但我会像她护理他父亲那样护理他的,我会一直爱他的!

戈登 (感到欣慰——自豪地)是的,她待他实在是太好了,确实如此!(随后恢复到先前的口气)但是——也许我这么说太卑劣——我一直有一种奇怪的感觉,她那么做只是在履行自己的职责。而当他去世时,我觉得,她的悲痛——不是出于对他的爱——无论如何,仅仅是一种对朋友的爱,不是妻子的爱。(仿佛内心受到某种急迫的催促)我从来没告诉过你,可从我是个很小的孩子时起,我就一直感到她并不真心爱爹爹。她喜欢他、敬重他,她是个出色的妻子,可我敢肯定她不爱他。(仿佛忍不住脱口而出)我要告诉你,玛德琳!我一直感到她对——达雷尔——非常有感情。(急忙地)当然,我也许错了。(随后脱口而出)不,我没错!从我是个小孩子起,我就极其强烈地感到了这一点!后来当我十一岁时——发生了一件事。从那以后,我对这一点就确信无疑了。

玛德琳 (惊诧地思索着,但也感到一种奇特地满足)

他的意思是她对他的父亲不忠诚吗?不,他永远也不会相信的,但他会是什么意思呢?

(惊异地)戈登!你的意思是你一直确信,你母亲是……

戈登 (被她口气中的某种东西所激怒——跳起来甩开她的手——粗暴地)是什么?你是什么意思,玛德琳?

玛德琳 (惊恐地——安抚地张开双臂搂住他)我没有任何意思,

亲爱的。我只不过以为你的意思是……

戈登 （依然愤慨地）我的全部意思就是，她肯定在结婚很久之后爱上了达雷尔——随后，为了爹爹的缘故她把他打发走了——我想，也是为了我的缘故。达雷尔每隔一两年就要回来一次，他没有永远在外面待下去的足够毅力！哦，我想我不够公正，我想这对他太苛刻了。为了他和爹爹的友情，他也在努力抑制自己。（随后发出一声酸楚的大笑）我想，现在他们就要结婚了！而我将不得不为他们祝福。爹爹肯定要求我这么做，他是个宽宏大度的人。（露出酸楚而忧郁的神情）人生太古怪了，我只能这么说！

玛德琳 （对他孩子气的天真怀着某种温柔的、充满爱意的轻蔑，思索着）他是多么不了解她呀！埃文斯先生是个好人，但是，达雷尔肯定曾经很有魅力，假如她爱上谁，她不是那种犹豫不决的人，就像我毫不犹豫地爱上戈登一样。哦，我永远不会对戈登不忠诚的，我将永远爱他！

（她用手指爱抚地梳理着他的头发——安慰地）你绝对不要责怪他们，亲爱的。没有人能压抑住爱情，我们不是也不能，对吗？

（她挨着他坐下，他把她搂入怀中。他们怀着越来越强烈的激情互相亲吻着。马斯登悄没声息地从花园进来了，他手里拿着一束玫瑰和一把大剪刀，看上去更年轻了，显得镇定而心满意足。他身着做工精致的全黑丧服。他站在那儿望着这对恋人，脸上浮现出一种焦虑不安的古怪神情。）

马斯登 （像个老处女那样大为反感——思索着）

天啊！他的父亲在坟墓里尸骨未寒！简直是畜生！

（随后内心斗争着——以一种防卫性的自我嘲弄）

不过，那不是他父亲，萨姆对于达雷尔的儿子算什么呢？即使他是萨姆的儿子，生者跟死者又有什么关系呢？他的职责就是去爱，这样生命便可以延续下去，而他们的爱与我又有什么关系呢？我的生命是凉爽的绿荫，充满激情与占有欲的火辣辣的正午阳光照不进来，它也就不能用烈性毒药摧残这颗心，在暮午与夜晚相恋之时，我的生命在阴影下的花园里采摘玫瑰，冷冷的绯红色，玫瑰在漫长的白日里一直开放着，此刻昏昏欲睡，盼望着夜晚——我的生命就是这样一个夜晚——尼娜是一朵玫瑰，我的玫瑰，她被漫长而炎热的白日折磨得精疲力竭，正困乏地朝安宁的夜晚倚将过去——

（他露出率直而伤感的微笑，吻了吻其中一朵玫瑰——随后依然微笑着，朝那对恋人做了个手势）

那是另一个叫作世界的星球，尼娜和我已经迁徙到了月球上……

玛德琳 （激情奔涌地）亲爱的！心肝宝贝！

戈登 玛德琳！我爱你！

马斯登 （望着他们——欢欣地嘲弄着——思索着）

若是在以前，我会感到嫉妒，感到上了当，被上帝骗走了快乐！我会愤愤地想，"这些戈登拥有了全部的好运气！"但现在我知道了，那位亲爱的老查理，是的，可怜的、亲爱的老查理！——超越了欲望，最终拥有了全部的好运气！

（随后干巴巴地）

但我将不得不打断他们的生物准备过程，这个夜晚将有那么多事情要做，在人生战争的漫长插曲之后，时代的和平条约依然有待缔结，青春必定恭恭敬敬地走开。那么多旧伤口的绷带也许不得不解开，而旧伤疤自豪地向我们自己证明，我们一直是勇敢而高尚的！

(他让剪刀滑落到地上，他们吃惊地跳起来、转过身。他平静地笑着)对不起，打扰你们了。我一直在为你的母亲采摘玫瑰花，戈登。花朵真的具有减缓悲痛的力量。我想正是这一发现导致它们被广泛用于葬礼——和婚礼！(他递给玛德琳一朵玫瑰)喏，玛德琳，给你这朵玫瑰。爱情，我们已经死了的人向你致敬！

(他怪异地笑笑。她不由自主地接过玫瑰，莫名其妙地盯着他。)

玛德琳 (猜疑地思索着)

一个多么古怪的生灵呀！有什么怪事吧，哦，别傻了！那只不过是可怜的老查理！

(她嘲弄地冲他行了一个屈膝礼)谢谢你，查理伯伯！

戈登 (怀着讥讽与怜悯思索着)

可怜的老家伙！他是好意，爹爹喜欢他……

(假装对玫瑰感兴趣)它们很漂亮。(随后突然发问)母亲在哪儿——还在房里吗？

马斯登 她正在努力把最后一帮人打发走。我正要进去呢。要我告诉她你想见她吗？这会给她一个脱身出来的理由。

戈登 好啊，请吧。(马斯登从右侧进到房里去了。)

玛德琳 你最好单独见你的母亲。我到下面飞机那儿去等你。你打算天黑之前飞回去，对吗？

戈登 对，我们很快就应当动身了。(忧郁地)也许你不在这儿更好些。有些事情我觉得我应当告诉她——还有达雷尔。我知道爹爹想要我做什么，我必须得这么做。我必须得公正，爹爹一生中对所有的人都一直是公正的。

玛德琳　　亲爱的，你呀！即使你想那样，你也不可能对什么人不公正。(她吻了吻他)别耽搁太久了。

戈登　　(忧郁地)我肯定不会的！这不是什么愉快的事情，我可不想拖得太久！

玛德琳　　那么待会儿见吧。

戈登　　再见。(她从后面的右侧走出去，绕过房子的拐角，他满怀爱意望着她的背影。思索着)

玛德琳太出色了！我不配有这种好运气——但是，上帝啊，我的的确确爱她！……

(他又双手托着下巴坐在石凳上)

享受快活好像是卑劣的，是自私的，当爹爹——啊，他能理解，他愿意我快活——真可笑，我怎么变得爱爹爹甚于爱母亲呢，也许是因为发现她爱达雷尔吧。我依然记得那一天看见她吻他的情景，那件事给我的打击我永远不能忘怀，但她使爹爹快活，为了他的缘故，她放弃了自己的快活，这当然是极为高尚的，是恪守信誉的行为。我真是个混蛋，竟去指责——我自己的母亲！

(突然间改变了自己的思路)

忘掉这件事吧！想想玛德琳吧，我们要结婚了，随后在欧洲度过两个月的蜜月。天哪，太棒了！再后来就回来投入到生意中去。爹爹指望我把他未竟的事业继续下去，我将不得不从最底层做起，但我用不了多久就会成功的，我向你保证这一点，爹爹！

(尼娜和达雷尔从右侧走出房子。他听到门的响声，转过身去。怨恨地思索着)

太滑稽了！即使现在我也不能容忍！当我看到他和母亲在一起时！我真想把他狠揍一顿！

（他站了起来，他的脸不知不觉间变得更老成、冷酷而严厉了。当他们慢慢地、默默地朝他走过来时，他谴责地盯着他们。尼娜看上去比前一幕中老多了。她的脸上浮现出听天由命的神情，这种听天由命使得她不再使用化妆品，使得她放弃了让自己富于性感、显得更年轻的努力。她穿着一身深黑色的衣服。达雷尔那在热带晒成的深古铜色已经褪去，此时他的肤色就像黄种蒙古人。他看上去也老多了，他的表情悲哀而酸楚。）

尼娜 （探询地瞥了一眼戈登——悲哀地思索着）

他叫我来是要向我告别的，这一次是真正的永别。现在他不再是我的儿子，也不是戈登的儿子，也不是萨姆的，也不是内德的。他变成了个陌生人，变成另一个女人的爱人……

达雷尔 （也迅速而犀利地扫视了一眼戈登的脸——之后思索着）

就要发生什么事情——某种最后的清算……

（怀着听天由命的态度思索着）

好吧，让我们把事情了结吧，那样我就可以回去工作。我已经在这儿待得太久了，普雷斯顿肯定正在纳闷，我是不是丢下他不管了……

（随后惊讶而悲哀地）

这是我的儿子吗？是我的骨血吗？怀着那种冷漠与敌意盯着我？这一切是多么令人悲哀，多么愚蠢可笑啊！

尼娜 （装出一种开玩笑的恼火口气）你的口信来得正是时候，戈登。那些愚蠢的人们连同他们假惺惺的吊唁快要把我烦死了，也许我有病，可我一直有那种感觉，当什么人死去时，他们全都暗自高兴——这种事满足了他们的虚荣心，使他们自以为高人一等，因为他们依然活着。(她疲倦地坐到石凳上。达雷尔坐到右边躺椅的扶手上。)

戈登 （对她的想法感到反感——生硬地）他们都曾是爹爹的朋友。为什么他们的悲伤不是真心实意的呢？对所有认识他的人来说，他的去世都应当是一个损失。(他的嗓音颤抖着。他转过身去，走到桌旁。愤愤地思索着)

她一点也不难过！现在她自由了，可以嫁给达雷尔了！

尼娜 （望着他的后背，悲哀地思索着）

他在谴责我，因为我没有流泪。唉，我确实流泪了，所有我可能流的泪，已经没有多少泪了。萨姆没能活下来，真是太糟了，他应当活着。他是那样地心满意足，但我感觉不到愧疚。我曾经帮助他活下去，我使他相信我爱他。他的头脑始终都是完全清醒的，就在他死之前，他朝我微笑。我觉得他的微笑中有那么多的感激与宽恕，用那个微笑结束了我们共同的生活。那个生命死了，那个生命中的遗憾死了。我很伤心，但想到现在我终于自由了，可以在安宁之中渐渐枯朽，我又感到宽慰，我要住到父亲的老房子里去，萨姆把那房子买回来了，我想他把它留给我了。查理会天天去看我，去安慰我，哄我开心。我们可以一起回忆往昔的时光，那时我是个小姑娘，那时我很快活，在我爱上戈登·肖之前，在所有这些爱、恨、苦、乐的乱七八糟纠葛出现之前！

达雷尔 （怨恨地盯着戈登的后背）

看到他对待他的母亲这么冷酷无情，真叫我火冒三丈！真想让他知道她为了他的缘故吃的那些苦！……毫无疑问，萨姆灌输给我儿子的戈登·肖理想使他变成了一个麻木不仁的呆子！……

（怀着憎恶）

呸，这个年轻人跟我有什么关系？比起普雷斯顿，他不过是个肌肉发达、脸蛋漂亮的傻瓜罢了！

（怀着一丝愤怒）

但我还是想对这个自鸣得意的蠢家伙猛击一掌！假如他了解到自己的真实身份，他就不会这么伤心地为萨姆哭泣了。他最好改变一下他的口吻，否则我肯定会忍不住告诉他的，现在没有什么不让他知道的理由了……

（他的脸涨红了。他想着想着真的动怒了。）

戈登　（控制住自己，突然转身面对他们——冷冷地）有一些跟爸爸的遗嘱有关的事情，我想我应当——（怀着一丝自鸣得意的优越感）我想，爸爸没有把他遗嘱的内容告诉你吧，母亲？

尼娜　（漠不关心地）没有。

戈登　好吧，所有的不动产当然是留给你和我的，可我要说的不是这个。（怨恨地瞥了达雷尔一眼）但至少可以说，有一条特别的条款跟你有关系，达雷尔大夫——有五十万指定给你的研究站，作为生物学研究的经费。

达雷尔　（他的面孔突然愤怒地涨红了）这是什么意思？这是开玩笑，是不是？（怒气冲冲地思索着）

比玩笑还恶劣！这是存心侮辱人！是占有者的最后一次嘲笑！对我的人生！

戈登　（讥讽地冷笑）当初我自己也认为这肯定是个玩笑——可爸爸坚持这样做。

达雷尔 （愤怒地）那么，我决不接受——就这么定了！

戈登 （冷冷地）这笔钱不是留给你的，是留给研究站的。遗嘱中提到由你来监管，但依我看，假如你不愿意继续管事，无论是谁在那儿负实际的责任，都会万分乐意地接受这笔钱的。

达雷尔 （目瞪口呆）那就是指普雷斯顿喽！可萨姆根本不认识普雷斯顿——除了听我谈起过他！萨姆和普雷斯顿有什么关系呢？普雷斯顿跟他毫不相干！我要告诫普雷斯顿，不能接受这笔钱！（苦恼地思索着）

可这笔钱是留给科学事业的！他没有权利拒绝！我没有权利要求他拒绝！愿上帝惩罚萨姆！他活着的时候占有了我的妻子，占有了我的儿子，他还不满足吗？现在他死了，又要伸手抢走普雷斯顿！抢走我的事业！

尼娜 （愤愤地思索着）

即使在死后，萨姆也要让别人承受痛苦……

（同情地）这钱不是给你的——也不是给普雷斯顿的。这钱是留给科学事业的，内德。你必须这样看待这笔钱。

戈登 （怨恨地思索着）

她对他说话的口气多么温柔啊！她已经忘了爹爹了！

（发出一声嘲笑）这笔钱你最好接受，并不是每天都有人无缘无故扔下五十万的。

尼娜 （极为痛苦地——思索着）

戈登怎么能这么侮辱可怜的内德呢！那是他的生身父亲啊！内德受的苦太多了！

（严厉地）我想你说得够多了，戈登！

戈登 （愤愤地，但竭力控制住自己——意味深长地）我还没有说完我要说的话呢，母亲！

尼娜 （思索着 —— 起初惊恐地）

他这是什么意思？难道他知道内德是 ——？

（随后怀着某种满不在乎的宽慰）

好吧，无论他怎样看待我，又有什么关系呢？不管怎样，他现在属于她了……

达雷尔 （怀恨地思索着）

我希望他知道事实真相，因为若是他不知道，我一定要告诉他！哪怕能够把萨姆从我这儿抢占的一切夺回来一点点！

（威严地 —— 当戈登犹豫不决时）那么，你还有什么要说的？你母亲和我都在等着呢。

戈登 （勃然大怒，恫吓地朝他逼近一步）你给我住嘴！不准用那种口吻对我说话，否则我会不顾你的年纪 ——（鄙视地）打你一个嘴巴的！

尼娜 （歇斯底里地思索着）

打一个嘴巴！儿子打老子一个嘴巴！

（歇斯底里地大笑）哈，戈登，别让我发笑了！这是多么滑稽的事啊！

达雷尔 （从椅子上跳起来，走到她跟前 —— 关切地）尼娜！别理他！他没认识到……

戈登 （被激怒，逼得更近了）我认识到的事情可多了！我认识到你表现得像条杂种狗！（他上前一步，狠狠地打了达雷尔一记耳光。在这重击之下，达雷尔双手捂着脸跟跄着后退了几步。尼娜尖叫一声，扑到戈登身上，攥住了他的胳膊。）

尼娜 （怜悯地 —— 歇斯底里地）看在上帝分上，戈登！你父亲会怎么说？你不知道自己在做什么！你在打你的父亲！

达雷尔 （突然抑制不住自己的感情——哽咽地）不——这没什么——儿子——没什么——你不知道……

戈登 （垮下来，满怀对自己这一巴掌的懊悔）我很抱歉——很抱歉——你是对的，母亲——爸爸会觉得我这像是打在他的脸上——这就和我打了他一样的忤逆不孝！

达雷尔 这没什么，儿子——没什么！

戈登 （断断续续地）你真太好了，达雷尔——太好了，你真宽宏大量！我真是太下作，太卑劣了！请接受我的道歉，达雷尔，好吗？

达雷尔 （麻木地瞪着他——思索着）

达雷尔？他叫我达雷尔！但他不知道吗？我还以为她已经告诉他了呢……

尼娜 （歇斯底里地大笑——思索着）

我告诉他他打了他的父亲，但他没能听明白我的意思！唉，他当然没能听明白！他怎么能？

戈登 （急切地伸出手去）我十二分地抱歉！我本来没想那样做！握握手，不好吗？

达雷尔 （机械地握手——麻木地）太乐意了——很高兴见到你——久仰大名——闻名遐迩的划桨手——在六月里你曾参加那场伟大的比赛——但当时我一心盼望着"海军号"把你击败。

尼娜 （绝望地、歇斯底里地、极为痛苦地思索着）

啊，我真希望内德离开这儿，待在外面永远不回来！我再也不能眼睁睁看着他受苦了！这太可怕了！是的，上帝父亲。

我听见你在大笑,你看出来这多么可笑了。我也在大笑。这一切是多么地疯狂,不是吗?

(歇斯底里地大笑)啊,内德! 可怜的内德! 你天生不走运!

戈登 (让她重又坐下来——安抚她)母亲! 别笑了! 求求你! 没事了——我们之间没事了! 我已经道歉了! (当她渐渐镇定一些时)现在我要说出我打算说的话。不是什么不好听的话。我只是想让你们知道,我认为你们两个的行为一直是极为高尚的。从我是个小孩子的时候起,我就知道你和达雷尔相爱。为了父亲的缘故,我恨你们的恋情——这再自然不过了,不是吗?——但我知道这是不公正的,人们抑制不住相互爱恋的情感,就像玛德琳和我抑制不住我们的情感一样。我也看到,你们两个对待爹爹是多么地公正——你是个多么好的妻子,母亲——你是个多么忠实的朋友,达雷尔——而他又是多么深切地爱你们两个呀! 所以,我要说的就是,现在爹爹去世了,我希望你们结为夫妇,我希望你们得到你们应该得到的幸福——(说到这儿,他控制不住自己的情感,吻了吻她,随后挣脱开)我得说再见了——天黑之前我得飞回去——玛德琳在等着呢。(他又一次抓住达雷尔的手,握了握。他们两个全都呆呆地盯着他)再见,达雷尔! 祝你好运!

达雷尔 (难过地思索着)

为什么他总是叫我达雷尔,他是我的儿子。我是他的父亲。我得让他明白我是他的父亲!

(抓住戈登的手)听着,儿子,轮到我说了。我得告诉你一件事……

尼娜 (苦恼地思索着)

啊，他绝不可以！我认为他绝不可以！

（严厉地）内德！先让我问戈登一个问题。（随后盯着她儿子的眼睛，慢慢地、咄咄逼人地）在你看来，我曾经对你的父亲不忠诚吗，戈登？

戈登 （吓了一跳，瞪着她——震惊而恐慌——随后突然愤慨地脱口嚷嚷起来）母亲，你以为我是什么人——竟会有那么卑劣的念头吗！（恳求地）请不要，母亲，我还没有那么坏！我知道你是这世界上最好的女人——所有女人中最好的！我甚至把玛德琳也包括在其中！

尼娜 （发出一声带着哭腔的、得意扬扬的叫喊）我亲爱的戈登！你真的爱我，不是吗？

戈登 （跪在她身旁，吻她）我当然爱你！

尼娜 （把他推开——温柔地）现在走吧！快走吧！玛德琳在等着呢！对她说我爱她！在未来的年月里，每隔一段时间就回来看看我！再见了，亲爱的！（转向站在一旁的达雷尔，后者一副悲哀的、听天由命的表情——恳求地）你仍然想告诉戈登一件事吗，内德？

达雷尔 （强作苦笑）一点也不想了！再见，儿子。

戈登 再见，先生。（他匆匆绕过后面左侧的屋角，心绪不宁地思索着）她把我当成什么人了？我从没那样想过！我不能！我的生身母亲！要是我觉察到自己曾经那样想过，我会杀了我自己的——！

（他走了。）

尼娜 （转向内德，感激地抓起他的手，紧紧握住）可怜的、亲爱的内德，你总是不得不付出！我怎么才能感谢你呢？

达雷尔　（讽刺地笑了笑——强作开玩笑的口气）当我向你求婚时拒绝我呀！因为我得向你求婚！戈登以为我会求婚的！当他得知你拒绝了我时，他会非常高兴的！（马斯登从房里出来了）瞧，查理来了，我得抓紧时间。你愿意嫁给我吗，尼娜？

尼娜　（悲哀地笑了笑）不，当然不愿意。我们的鬼魂会把我们折磨死的！（随后凄凉地）但要是我真的爱你该有多好啊，内德！很久很久以前那些奇妙的下午啊！那些下午中的尼娜永远活在我的心里，内德，永远爱着她的情人，爱着她孩子的父亲！

达雷尔　（把她的手举到自己的唇边——温柔地）为了这个我谢谢你！而那个时候的内德将永远爱慕他美丽的尼娜！记住他吧！把我忘掉吧！我要回去工作了。（他柔和而悲哀地笑起来）我把你留给查理，你最好嫁给他，尼娜——假如你需要安宁的话。说到底，我认为，你应当感谢他对你的毕生奉献。

马斯登　（不自在地思索着）

他们在议论我呢。为什么他不走呢？她不再爱他了，即使现在他浑身充溢着正午的炎热、能量和折磨人的欲望。他难道看不出来她爱的是夜晚吗？

（不自在地清清嗓子）我是不是听到有人轻慢地提起我的名字了？

尼娜　（怀着一种说不清楚的期待望着马斯登）

安宁！是的，那是我全部的渴望。我再也不能想象快活了——查理已经找到了安宁。他会很温柔的，就像我是个小姑娘时我父亲那般温柔——当我能够想象快活的时候……

（以少女的娇媚和忸怩——为他在长凳上自己身旁让出地方——怪异地）内德刚刚向我求过婚，我拒绝了他，查理。我再也不爱他了。

马斯登 （坐到她的身旁）我也这么认为。那么你爱谁呢，尼娜·卡拉·尼娜？

尼娜 （悲哀地笑着）我想，我爱的是你，查理。我一直爱着你对我的爱。（她吻了吻他——渴望地）你会让我在安宁之中渐渐枯朽吗？

马斯登 （热烈地）我一生都在等着给你带来安宁。

尼娜 （悲哀地调侃）假如你等待了那么久，我们最好明天就结婚，查理。但我忘记了，你还没有向我求婚呢，不是吗？你想要我嫁给你吗，查理？

马斯登 （谦恭地）是的，尼娜。（怀着一种奇异的狂喜思索着）当我听到她这样问时，我知道这一时刻终于到来了！我永远不会说出那句话的，永远不！啊，金色的下午啊，你是成熟落地的快活的甘美果实！

达雷尔 （觉得有趣——悲哀地笑了笑）祝福你们，我的孩子们！（他转身要走。）

尼娜 我想我们不会再见到你了，内德。

达雷尔 我看不会，尼娜。科学工作者不应当相信鬼魂。（嘲弄地笑了笑）但也许我们会成为宇宙间正负电子的一个组成部分，再一次相会的。

尼娜 在我们的下午里——再一次吗？

达雷尔 （悲哀地笑着）再一次。在我们的下午里。

马斯登 （从他的白日梦中醒来）我们将在下午举行婚礼，一定要在下午。我已经选定了教堂，尼娜——一座覆盖着常春藤的小教堂，到处是静谧的阴影，象征着我们找到的安宁。窗户上的绯红和紫红将映染在我们激情退尽的面庞上。婚礼一定要在日落前的那个时辰举行，那时大地正沉浸在对美丽人生的反思与玄妙憧憬之中。随后我们到北边你们家的老宅去住。我的家不适合于我们俩，在那儿母亲和珍妮依然活在记忆之中。我将在你父亲原先的书房里写作。他不会介意我的。（从下面的港湾里传来飞机引擎的轰鸣声，尼娜和达雷尔吃惊地跳起来，跑到露台的后部，肩并肩站着，看着飞机从水面上飞起来。马斯登则无动于衷地原地不动。）

尼娜 （极为痛苦地）戈登！再见了，亲爱的！（当飞机越飞越高、渐渐朝左侧的远方飞去时，伸手指着——酸楚地）瞧瞧，内德！他头也不回地离我而去了！

达雷尔 （快活地）不！他在盘旋呢。他飞回来了！（此时飞机引擎的轰鸣声越来越近了）他就要飞过我们的头顶了！（当飞机迅速飞近、正好从他们的头顶掠过时，他们的眼睛追随着它）看哪！他在朝我们招手呢！

尼娜 啊，戈登！我亲爱的儿子！（她发狂般地挥着手。）

达雷尔 （最后一次发出饱含苦恼的抗议）尼娜！你忘记了吗？他也是我的儿子呀！（他朝天上大喊着）你是我的儿子，戈登！你是我的——（他突然控制住自己——悲观地、自我怜悯地笑了笑）他听不见！好吧，至少我尽到了自己的责任！（随后怀着一种听天由命的坚忍态度——最后一次朝天空挥了挥手）再见了，戈登的儿子！

尼娜 （怀着饱含苦恼的狂喜）飞上天吧，戈登！带着你的爱飞上天吧！永远地飞吧！绝不要像我过去的戈登那样坠毁到地面上！要快快活活的，亲爱的！你得快快活活的！

达雷尔　（讥讽地）我从前曾经听到过那种对快活的呼唤，尼娜！我记得听到过自己呼唤快活——曾经——肯定是很久以前了！我要回到我的那些细胞中间去了——通情达理的单细胞生命，漂浮在海上，从来没学过呼唤快活！我要走了，尼娜。（此时尼娜无动于衷地原地不动，盯着飞机——怀着听天由命的态度思索着）

她也没有听见……

（他朝着天空大笑）

啊，上帝啊，这么聋、这么哑、这么瞎！教教我，如何抽身退步，变成一个原子吧！

（他从右侧走出去，进房里去了。）

尼娜　（终于垂下目光——困惑地）飞走了。我的视线变得模糊了。内德在哪儿啊？也走了。萨姆也走了。他们都死了。父亲和查理在哪儿啊？（她惊恐地打了个冷战，急匆匆走过去，挨着马斯登坐到石凳上，紧紧依偎在他身上）戈登死了，父亲。我刚刚收到电报。我的意思是，他飞向了另一个生命——我的儿子戈登，查理。所以，又剩下我们两个了——就像我们以前那样。

马斯登　（伸出胳膊搂住她——亲切地）就像我们以前那样，亲爱的尼娜·卡拉·尼娜，在戈登到来之前。

尼娜　（仰望天空——精神恍惚地）我生养儿子是一场失败，不是吗？他不能让我感到快活。儿子总是他们的父亲，他们通过他们的母亲再次成为他们的父亲。上帝父亲的儿子们全是失败者！他们失败了，他们为我们而死，他们飞向另外的生命，他们不能和我们厮守，他们不能让我们感到快活！

马斯登　（父亲般地——用她父亲的口气）你最好忘掉你与那些戈登们交往的整个过程。说到底，亲爱的尼娜，在自你初次遇到戈登·肖以来所发生的那一切之中，存在着某种虚幻的东西，某种奢望与妄想的产物，某种实际上在我们的下午里并没有做过的事情。所以，让你我忘掉这整个令人痛苦的事件吧，让我们把它当作一个考验和磨炼的插曲，这么说吧，经过这个插曲，我们的心灵涤净了污浊的肉欲，才得以在安宁之中漂洗成洁白色。

尼娜　（带着怪异的微笑）奇异的插曲！是的，我们的人生仅仅是上帝父亲惊人手笔之中的奇异而阴郁的插曲罢了！（把头枕在他的肩膀上）你让人感到那么平静，查理。我觉得我仿佛又是个小姑娘，你是我父亲和昔日里查理的结合体。我在想，我们的老花园还是原先的样子吗？在春与夏的暮午里，我们会一起去采摘花朵，好吗？回家令人感到宽慰——人到老年终又返回故里——一起爱恋安宁——爱着对方的安宁——与安宁共眠——！（她吻了吻他——随后满足而困乏地深深叹了一口气，闭上了眼睛）——在安宁中死去！对人生，我感到了如此心满意足、厌倦！

马斯登　（沉静地）歇息吧，亲爱的尼娜。（随后温柔地）这是漫长的一天。为什么你现在不睡呢——就像先前那样，还记得吗？——睡上一小会儿？

尼娜　（昏昏欲睡、感激地咕哝着）谢谢你，父亲——我一直是那么坏吗？——你是那么好——亲爱的老查理！

马斯登　（不由自主地做出反应，痛苦地畏缩了一下——机械地思索着）

让上帝惩罚亲爱的老——!

(随后垂眼瞥了瞥尼娜的面孔,快活地笑了笑)

不,上帝保佑亲爱的老查理吧,他超越了欲望,最终拥有了全部的好运气!

(尼娜已经睡着了。他用满足的目光环视着渐渐笼罩住他们的夜晚的阴影。)

〔幕落〕

——全剧终

Strange Interlude